Gaea

ISLAND 噩盡島 13〔完〕

莫仁——著

噩盡島 13

目錄

ISLAND 噩盡島

登場人物介紹

- 乍看有些白淨文弱的少年。個性冷漠，不喜與人接觸，討厭麻煩，遇事時容易失控。
- 巧遇鳳凰換靈，身負渾沌原息，持有影妖凱布利。
- 裝備：金犀匕、血飲袍、牛精旗

沈洛年

- 具有喜慾之氣的白色巨狐，個性精靈調皮。三千年前因故留在人間。
- 不慎與沈洛年訂下「平等」誓約；目前正處於閉關狀態中。

懷真

- 個性負責認真，稍有潔癖，有時容易自責。
- 隸屬白宗，現任白宗宗長。發散型，專修爆訣。目前正學習道術五靈中的炎靈。
- 裝備：杖型匕首、戒指／並無引仙

葉瑋珊

- 體育健將。個性樂觀開朗善良，頗受歡迎的短髮陽光少年。
- 隸屬白宗，內聚型，專修柔訣。對於武學頗有研究，是白宗的武學指導。
- 武器／狀態：黑色長棍／並無引仙

賴一心

- 個性粗疏率真，笑罵間單純直接，平常活潑好動、食量奇大。
- 隸屬白宗，內聚型，專修爆訣。
- 武器／狀態：古銅色彎刀／煉鱗引仙

瑪蓮

- 個性冷靜寡言，表情不多，愛穿寬鬆運動外套、黑色緊身牛仔褲與短靴。
- 隸屬白宗，發散型，專修柔訣。目前正學習道術五靈中的凍靈。
- 裝備：銀色細窄小匕首、黃絨墜項鍊

奇雅

- 有一副娃娃臉，平時臉上表情不多。跳級就讀高中，被沈洛年引入白宗。
- 隸屬白宗，內聚型，專修爆訣。
- 武器／狀態：雙手長刀／獵行引仙

吳配睿

- 體格輕瘦，喜歡選輕鬆的事情來做，頗有點小聰明。外號：蚊子。
- 隸屬白宗，內聚型，專修輕訣。
- 武器／狀態：銀鍊軟劍／千羽引仙

張志文

- 稍矮胖，給人穩重感。在不熟悉的人面前不多話，善於分析情況，常給瑋珊許多建議。外號：無敵大。
- 隸屬白宗，內聚型，專修凝訣。
- 武器／狀態：短雙棍、小弓箭／煉鱗引仙

黃宗儒

- 個性憨直開朗，講義氣，很好相處，常和張志文一搭一唱。外號：阿猴。
- 隸屬白宗，內聚型，專修輕訣。
- 武器／狀態：細長窄劍／揚馳引仙

侯添良

- 美艷，身材修長豐滿，最初隸屬白宗，後因故加入總門。善於察言觀色，巧於心計。
- 隸屬總門的道武門人，發散型，爆輕雙修。
- 武器：匕首

劉巧雯

- 個性溫柔和善，但決斷力稍弱，心腸與耳根子皆軟。是葉瑋珊的舅媽。
- 隸屬白宗，為白宗前任宗長，發散型，專修爆訣。
- 武器：匕首

白玄藍

- 白玄藍丈夫，聲音低沉。對古文頗有研究，十分疼愛白玄藍。
- 隸屬白宗，內聚型，輕柔雙修。
- 武器：五節劍

黃齊

- 麟犼幼獸，原形為龍首、馬身，全身赤紅，腦後一大片金色鬃毛。
- 對奇怪的事物充滿好奇心，人形為夏威夷混血少女。

燄丹

- 窮奇幼獸，原形為白色紫紋、脅生雙翅的虎狀妖獸。和羽霽是從小玩耍吵鬧的玩伴。
- 討厭一般人類，但特別喜歡聞不可理喻之人的氣味。人形為金髮碧眼女娃。

山芷

- 畢方幼獸，原形宛如巨鶴，全身披帶著紅色紋路的藍色羽翼，只有單足。
- 因為玩伴被洛年搶走，因此對沈洛年特別有敵意。人形為黑髮黃種女娃。

羽霽

前情提要

沈洛年將月影團送至歲安城附近，隨即尋找龍庫盜寶，卻意外收服納金一族為僕。道武總門趁鑿齒來攻擄走小純，沈洛年趕回營救，被迫施展闇靈力搏殺百餘人，黑暗形貌震驚眾人，共聯邀來虯龍欲尊奉為王時，更因此遭吳達指為惡徒，要求虯龍族將沈洛年擒殺……

ISLAND

牽制個屁

在吳配睿的繼父——吳達的言語挑撥下，沈洛年在高台上被強大的虯龍族分三面圍困著，這三個敵人不只會飛，能力與速度都比過去遇過的敵人強大，別說逃跑無望，想閃避都有點吃力，若三個一起來，恐怕連閃都不用閃。

此時敖旅開口詢問，沈洛年還沒想出該怎麼回答，身後一直沒說話的那位年輕虯龍敖盛突然開口說：「旅哥，沒有搞錯嗎？」

「是啊，這人沒炁息呢。」敖彥臉上也帶著一抹不解，微笑說：「單靠養著一隻小妖，人族不可能拿他沒辦法吧？」

「不，這人有點古怪。」敖旅微微搖頭說：「上次這些人類圍獵梭狪，梭狪最後倒下，與這人恐怕脫不了關係。」

「咦？」敖盛瞪大眼睛說：「怎麼可能？人類打得過梭狪？成年的嗎？」

「梭狪無智，容易上當，該不是靠實力獲勝的吧？」敖彥也說：「否則人族若有這等戰力，城外鑿齒，有何可懼？」

敖旅點頭說：「確有取巧……但當時他沒靠這隻小妖推動，依然身輕如燕，騰飛自在，可別小看他了。」

「真的嗎？」敖盛詫異地問：「怎麼回事？」

「我也很想知道，不過眼前不是詢問的時機。」敖旅望著沈洛年，緩緩說：「沈小兄，動手吧？」

沈洛年正準備開溜，卻聽葉瑋珊先一步喊：「敖旅先生，且慢！」

敖旅回頭說：「何事？」

葉瑋珊還沒想到該怎麼說，吳達已經遠遠地喊：「宗長，我可沒說謊，我們白宗不能包庇這種殺人魔王。」

「你還敢說自己是白宗的！」吳配睿忍不住罵。

「靠，你這老頭別太過分。」瑪蓮早已火大，此時舉刀一指說：「小睿說了不用看她面子，你再吵試試，小心姑娘砍你。」

「小睿、阿姊，別在這時候和他計較。」黃宗儒低聲說：「以後再找他算帳。」

瑪蓮用力瞪了吳達兩眼，這才轉過頭，不只是瑪蓮，白宗憤憤瞪著吳達的人可不少，吳達倒不怎麼在意，當初還在台灣，他就心裡有數，白宗這些小娃兒畢竟生嫩，無論如何都會看在吳配睿的份上，不會眞拿自己怎麼樣；至於吳配睿本人，雖然嘴巴很凶，但若眞會對付自己，早一年前就出手了，一直沒對自己動手，當然是顧忌她母親柯賢霞的顏面，只要自己沒甩了那女人，就不用擔心。

「敖旅先生。」另一面葉瑋珊正急急地說：「不論他是否犯罪，總要查明清楚吧？萬一殺錯人呢？而且你如今並沒有統治權力，人類的事情無須虯龍族插手！」

「喔？」敖旅轉回頭說：「妳意思是這年輕人並未殺人？還是人類自己有辦法處理？」

葉瑋珊一怔，她畢竟年輕臉嫩，沒法當面撒謊，硬不承認沈洛年殺過人，正遲疑間，吳達已經開口說：「宗長，這惡徒殺人的時候，您可是親眼瞧著的啊。」

葉瑋珊臉上泛起薄怒說：「當時數千人圍著我們，洛年是自衛。」

「葉宗長這話可有趣了。」狄靜冷哼一聲說：「當時我方部隊只是想把犯法的人留下，根本還沒動手，這姓沈的小子就開始四面殺人，殺到眾人四面逃散還在追殺，我可有說錯？」

雖然狄靜那時根本就是昏迷的，但她說的確實是實話，葉瑋珊也沒法反駁，正徬徨間，只聽呂緣海開口說：「不過虯龍族諸位還沒獲得管轄權力，就此插手確實不大適宜。」

他改變了想法嗎？葉瑋珊燃起一絲希望，正有點感激地望過去，卻聽呂緣海接著說：「我就以歲安城臨時首長的身分，央請三位虯龍族高手協助緝凶。」

葉瑋珊到了這時，終於知道，總門早已經計畫妥當，無論投降與否，他們都想先利用虯龍族擒殺沈洛年。

畢竟沈洛年的戰力遠超過一般人類，又不受息壤土磚影響，在歲安城中，無論派多少人圍攻都無效。對總門來說，沈洛年的存在正如芒刺在背，更別說那一百多條性命的仇恨……刻意找與白宗有淵源的吳達出面發難，應該是顧忌著萬一虯龍沒除去沈洛年的保險措施。

若萬一沈洛年當眞打退了虯龍，虯龍族自然無法統治人類，反正沈洛年似乎也對統治沒有興趣，至不濟就是恢復到過去的模樣而已。

「葉宗主，應該沒有意見了吧？」敖旅微笑問。

白宗人群中，奇雅見葉瑋珊皺著眉頭說不出話，她想了想，忽地抬頭說：「我去幫洛年。」一面往外飄了出去，站到沈洛年身邊。

「奇雅？」眾人都吃了一驚，瑪蓮第一個往外奔，跟著每個人都動了起來。下一瞬間，白宗上台的二十人，都擠到了沈洛年身邊。

「你們幹嘛過來？」奇雅皺眉說。

我才想問勒！沈洛年吃驚過度，一下子說不出話。

「奇雅妳居然不叫我一起！」瑪蓮拔出彎刀氣呼呼地說：「我早就想過來了。」

「我也覺得不能就這麼算了。」賴一心舉起黑矛說：「反正遲早要打，先打也無妨。」

「試試能不能頂下一隻吧。」黃宗儒皺著眉頭，抽出身後的雙棍，聚炁引仙，體表漸漸泛出鱗片。

敖旅看眼前一陣亂，他微微皺眉說：「葉宗長，這是什麼意思？」

「這……」葉瑋珊雖然隨著眾人奔了過來，心頭還是一片混亂。她愣了愣才說：「可以讓我們商量一下嗎？說不定洛年會投降啊。」

「哦？」敖旅想了想，一笑說：「那麼給你們片刻時間討論。」

「我才不投降。」沈洛年低聲說：「瑋珊，妳帶著大家回去。」

葉瑋珊卻不理會沈洛年，只低聲說：「舅媽、舅舅、巧雯姊，你們帶著李大哥、阿哲他們都退開，你們配合不來，先退。」

「嗯。」賴一心跟著說：「對方很強，人多沒用。」

白宗上台的二十人，除了賴一心等八名老戰友，還有沈洛年、白玄藍、黃齊、劉巧雯、李翰、印晏哲等，另外六人就都是引仙部隊的各級幹部，至於狄純，因年紀太小，又不善戰鬥，並沒前來；而文森特等月影團的人手，則因為剛加入白宗陣營，也沒機會參加。

白玄藍低聲說：「我也留下，齊哥你帶他們走。」她身上還掛著洛年之鏡，論戰力不比葉瑋珊等人弱。

「藍？」黃齊一驚。

「舅媽，我們幾個配合習慣了，而且……」葉瑋珊壓低聲音說：「如果有個萬一，白宗還有千多人要照顧啊，除我之外，只有您會引仙之法了。」

「藍姊，我們留下沒用。」劉巧雯跟著說：「聽宗長的，我們退。」

白玄藍本就不是很富決斷力的人，左右爲難之間，就這麼被劉巧雯拉著往外退開。

「喂！」沈洛年見葉瑋珊不理會自己，忍不住瞪眼：「瑋珊！妳胡鬧什麼？」

「反正你只會叫我們走開。」葉瑋珊說：「我們怎麼可能讓你死在這裡？上次你會殺人，也是因爲我們沒看好小純才引起的。」

「是啊，總讓洛年幫忙，怎樣也得回報一次。」瑪蓮也正在聚炁仙化，她看著敖家三人說：「這三條龍身上穿著護身甲耶，不知道刀子砍不砍得進去？」

「砍砍看才知道。」吳配睿拿著長柄大刀，目光一轉咬牙說：「吳達那個渾蛋，要是今天沒事，我非找他算帳不可。」

「別鬧了。」沈洛年板起臉說：「你們連梭狪都打不過，上來湊什麼熱鬧？」

「總不能讓你一個人應付。」葉瑋珊說。

「對。」賴一心說：「不打看看怎麼知道結果？」

「你們聽我說。」沈洛年想起上次和狼人戰鬥的經驗，低聲說：「我們和他們正面衝突，非死不可，我試著擠兌他們單挑，靠著閃避，說不定還有一線生機……你們都跑過來，就算你們勉強能應付其中之一，我還不是得應付兩個？」

「他們會肯和你單挑嗎？」葉瑋珊說：「就算肯，你只要一逃，他們還是會一起追吧？」如今確實不像當初和狼人戰鬥，身旁還有麟犼撐腰監場，如果敖旅等人認爲自己沒意思作戰，其他人確實有可能出手……但白宗這群人絕對打不過，讓他們上來也只是送死。沈洛年想到這兒，臉一沉說：「別胡鬧了，我確實殺了百多人，你們憑什麼理由攔阻？至於要不要讓虯龍統治，那是另外一回事。」

這話一說，眾人可作聲不得，畢竟在他們心底深處，也認爲沈洛年當初濫殺確實不對，實在沒法理直氣壯。

沈洛年看眾人說不出話，跟著又說：「就算我幫過你們，難道以後我做什麼你們都要包庇嗎？以後白宗還想不想待在歲安城？」

從這角度來看的話，確實不該幫助沈洛年，只不過這話由他自己說出來實在奇怪，葉瑋珊和賴一心對望一眼，都覺得有點爲難，但難道眞的不管他了？

這時奇雅卻淡淡地說：「我待不待歲安城都無所謂。」

「我們家的奇雅今天吃錯藥了？」瑪蓮詫異地看了奇雅兩眼，這才抓抓頭笑說：「我也無所謂喔，阿姊奉陪到底啦！」

「阿姊。」張志文低聲說：「洛年說得也有道理……」

「你閉嘴。」瑪蓮回頭瞪眼說：「否則以後再也別跟我說話。」

張志文張大嘴，最後終於說：「好吧，那也算我一份。」

「你只會飛來飛去的能做啥？」瑪蓮瞪眼：「滾遠點別來湊熱鬧。」

「說不定能幫阿姊擋個一刀半刀啊。」張志文苦笑說：「別趕我走啦。」

瑪蓮微微一怔，正色看著張志文說：「蚊子，這次可不是開玩笑，會死人喔。」

「阿姊。」張志文搖搖頭，凝視著瑪蓮說：「我對妳說話其實很少開玩笑。」

瑪蓮一怔，和張志文對望了片刻，突然覺得有點承受不了對方的視線，她忍不住伸手一把推開張志文的腦袋，漲紅著臉憤憤地說：「別死盯著我！你這臭蚊子！死三角臉！賴皮鬼！」

張志文雖然被推了一把，卻咧著嘴偷笑，瑪蓮正有股莫名的火氣，瞄見他的笑容，忍不住湊近再給張志文一肘子，讓他笑不出來，這才稍感平靜。

「我也留下。」侯添良忽然說。

「咦？」瑪蓮偷瞄了奇雅一眼，吐吐舌頭說：「阿猴你何苦？我看奇雅還是對洛年……」

「瑪蓮！」奇雅白了瑪蓮一眼，打斷了她的話，轉頭說：「我是想盡一份心，與其他人無關，你們都離開。」

「我也一樣。」侯添良板著臉說：「有恩報恩，我也是為了想幫洛年，與他人無關。」

奇雅一怔，還沒開口，吳配睿已經搶著說：「我也不管洛年是好人、壞人，我都站洛年這邊！就算歲安城不能待，大不了一起搬走，而且我們也未必打不過啊！」

賴一心和葉瑋珊對看一眼，相對點了點頭，賴一心說：「那麼我們等會兒的陣式……」

「夠了！你們聽我說。」這群笨蛋就是老幹這種事，才害得自己一直沒法拋下他們……沈洛年搖了搖頭，深吸一口氣板起臉說：「我和他們拚鬥，就算打不贏，也未必會被抓到，你們來湊熱鬧，明擺著打不過，我反而不能專心逃命，這不是害我嗎？」

「你別管我們！」賴一心說：「我們至少可以牽制一個人吧？」

「媽的！我若真能不管你們，早就不管了，連歲安城我都不會來！」沈洛年瞪眼說：「這些傢伙比梭狪還強，你們有把握能打贏梭狪嗎？否則等你們死光以後，還不是一樣三隻一起來追我？牽制個屁！」

賴一心被罵得張大嘴說不出話來，雖然眾人又苦練了半年，但這段時間妖質不足，難以增益，而瑪蓮等引仙者，又是一個多月前才學會妖體的修煉方式，老實說眾人雖稍有進步，但比半年前增強得實在不多，當初面對梭狪，若非沈洛年用影妖凱布利掩住梭狪的眼睛，最後又偷襲般地化去最大狪珠的妖炁，說不定那時就已滅團，此時賴一心實在沒法當面撒謊，自認打得贏梭狪。

「洛年說得對，他的個性就是如此……」一直沒開口的黃宗儒，緩緩說：「我們遇到危險，他一定忍不住會過來救援，這樣反而會害了他，我們退吧。」

「無敵大？」吳配睿詫異地轉頭。

「要怪，只能怪我們太弱。」黃宗儒望著沈洛年說：「你一定要想辦法活下去，當初殺人的事，不能全算你的錯。」

「人確實是我殺的，但就算是我的錯，我也不想死。」沈洛年哼了一聲，脫下外袍交給黃宗儒說：「宗儒總算比較冷靜，快帶大家離開。」

「宗長，退吧。」黃宗儒說。

葉瑋珊微一沉吟，目光轉向奇雅說：「奇雅？」

奇雅秀眉微顰，看著沈洛年說：「我們幫不上忙？」

「不只幫不上，還會礙事。」沈洛年斬釘截鐵地說。

奇雅低頭數秒，不發一語地扭身往回走，眾人對望一眼，又看了看沈洛年，這才無奈地退開……名聲、生命或未來也許都可以捨棄，但如果留下反而會害了沈洛年，那當然不能留。

賴一心走在最後，他突然回頭低聲說：「洛年，你不怕炁息的事，別急著顯露出來。」

「咦?」沈洛年微微一愣。

「你本就善於閃避，所以能閃則閃，這種特殊能力，若只在關鍵時刻使用，可收奇襲之效。」賴一心說。

這話大有道理，自己怎麼沒想到過?沈洛年點頭說：「我知道了。」

「還有。」賴一心又說：「洛年，你變輕的時候，會突然變快嗎?」

「什麼意思?」沈洛年一下聽不懂：「變輕當然才能變快。」

「我是說動量守恆的問題。」賴一心快速低聲說：「你既然能破壞物理規則，使質量不守恆，動量說不定也不守恆。」

沈洛年這才搞懂賴一心的問題，他想了想，自己就算在移動間減少質量，確實不會因此突然變快，必須由外重新施力才能加速，於是點頭說：「好像真是這樣……我倒沒注意過，你問這幹嘛?」

「太好了。」賴一心說：「你試試突然變重。」

「變重?」沈洛年一呆，那閃避時不是會變慢嗎?自己唯一的優點就是速度了，變慢豈非找死?

賴一心卻點頭說：「對，你這幾天都在忙，我沒時間找你談……」

「一心？」卻是葉瑋珊見賴一心沒走，不禁又停了下來，跟著所有人又都停下腳步。

「還沒好嗎？」敖旅見這群人說個不休，要走又留，不免有幾分不快，微微皺眉問。

「好了。」沈洛年不想牽連白宗等人，推了賴一心一把說：「你先退開，我沒死再說。」

賴一心走開兩步，忍不住又說：「記得試試看。」

「好啦、好啦。」沈洛年反正搞不懂，隨便敷衍兩句，趕走賴一心。

見眾人退開，敖旅微微一笑說：「決定投降了嗎？」

「投降就不殺我嗎？」沈洛年說。

敖旅似乎沒想過這問題，他沉吟間還沒開口，敖彥開口說：「人類這兒盡是土屋藤板，恐怕沒有關得住他的牢房。」

「也對。」敖旅露出一抹苦笑，搖搖頭說：「那就抱歉了，就地正法比較妥當。」

妥當個屁！沈洛年忍不住翻了翻白眼，這才開口說：「話先說清楚，我當然打不過你們，但也不想死，所以我會全力逃跑。」

敖旅似乎頗覺好笑，點頭說：「我能理解。」

「那麼先說好，你們打算多少人出手，追多久？萬一追不上呢？」沈洛年想試著替自己爭取比較好的條件。

「多少人？」年輕的敖盛哈哈笑說：「我一個人就……」

「等等！」敖彥打斷敖盛的話，微笑說：「如果一個人抓不到你，當然就兩個人來抓，兩個人抓不到，就三個人來抓，至於追多久……當然是直到抓到爲止。」

這傢伙不上當？沈洛年忍不住說：「媽啦！未免太賴皮了吧？你們還好意思要人尊奉你們？」

「無禮！」敖旅笑容微斂，搖頭說：「盛，動手。」

「是！旅哥。」敖盛也不拔劍，兩手一伸，對著沈洛年肩頭抓去。

沒辦法了，沈洛年心念一動，凱布利妖炁微催，他腳底木台倏然炸開，沈洛年身子下沉，往下方急竄。

「咦？」敖盛衝到洞口飄下，卻見下方一片黑影中，數百根木柱交錯排列著，沈洛年正彷彿游魚般迅捷地繞過一根根木柱，高速往南方飄掠。

「怎能這麼快？」敖盛輕呼了一聲，從後方追著沈洛年。

敖旅、敖彥對視一眼，身形飄起，也往南方飛射；至於鑽到木台下的敖盛，雖然速度也不慢，但既然需要轉折，就比不上轉折如電的沈洛年，只不過數秒工夫，已經被遠遠甩開。

但高台上方的兩人卻是走直線的，妖炁一爆間，正以極快的速度破空前衝。沈洛年心中一驚，自己若這麼鑽出去，豈不剛好讓對方迎上？他當下轉向東南，換個方位突圍。

敖旅和敖彥微微一怔，兩人對看一眼，左右一分，敖彥從南面往內鑽入，敖旅則騰空飛行，向東面飛射，要趕在更前方攔截。

沈洛年感應著妖炁，知道敖旅攔在前方，他繼續改變方位，從東南轉而向東，這時敖旅也進入了高台之下，正對著沈洛年衝。沈洛年眼看對方接近，身子倏然一沉，一面下落一面鑽過七、八根木柱，又換了一個方向開溜，只一瞬間就穿出三人的包圍。

三人一面暗暗訝異，一面由後急追，但這高台底下數百條木柱，有斜、有直，高低交錯，恰好適合沈洛年逃竄，就算虯龍族靠著強大妖炁提升速度，轉折還是遠不如沈洛年靈動，幾秒過去，被沈洛年越拉越遠，不過沈洛年也不敢竄出高台範圍，對方極速比張志文、狄純都還快，明顯高於自己，若沒有木柱攔路，沒這麼好逃命。

但這樣下去也不是辦法，這些傢伙若沒完沒了地追下去，就算妖炁足夠，精智力也會耗盡，畢竟這麼高速轉折閃避的動作，若不開啟時間能力，實在難以應付；眼看接近北端，沈洛年忍不住開口喊：「你們打算這麼追一晚上嗎？」話還沒說完，對方已經接近，沈洛年只好閉嘴，又換一個方向開溜。

虯龍族可是如今群聚妖族中最強大的一族，敖旅等三人過去從不曾被人類這麼戲弄過，三人都有點火上心頭，拚了命地加速狂追，分從三面圍堵著沈洛年，但不管怎麼包抄，就是逮不到人。

敖盛在三人中最爲年輕，也最沒耐性，眼看沈洛年速度也稱不上多快，轉折間卻彷彿鬼魅一般地閃動，就是趕不上，他越追越急，一個不愼，突然身後劍尾一撞，轟地碰斷了一根木柱，他微微一驚，閃身間又撞斷另外兩根，只聽嘩啦啦一陣亂響，幾個高台彼此撞來撞去，晃個不停。

已經夠丟臉了！敖旅臉色微沉，拔劍說：「分開，拆了台子！」

敖彥、敖盛聞聲拔劍，三人分成三個方向，劍炁爆出飛射，往三面轟去。

下一瞬間，這幾十組高台倏然崩解墜落，台上的普通人只覺天搖地動、足下發軟，忍不住放聲驚呼，多虧上面還有六十名變體者，眾人紛紛出手協助托扶，總算大多有驚無險，沒幾個摔著的。

且不提高台上的紛亂，在那一瞬間，台下已被那三道劍炁轟成一團亂，在木柱斷裂摔撞四處崩散的同時，其中敖旅的那一劍，也夾帶著龐大妖炁，正對著沈洛年砍去。

妖炁對沈洛年來說不算什麼威脅，過去他大多直接運出道息散化，根本不理會敵人的妖炁攻擊，但剛經賴一心提醒，沈洛年這才想通，讓敵人提早知道妖炁無效，確實對自己一點好處都沒有，當下不動聲色地騰飛閃開，繼續往外逃。

閃過這道劍炁不難，但高台一塌可沒地方溜，沈洛年趁著三人都被甩在身後的一剎那，從東方竄出高台，飛過圍觀的民眾，朝不遠處的「丑字區」衝去。

而敖旅等人揮劍之後，對木柱再無顧忌，他們體表妖炁炸出，將周圍木柱炸成粉屑，三人速度同時提高，對沈洛年追去。

這下可麻煩了，比速度自然比不過對方，此時該往下竄還是往上逃？往上飛雖開闊自在，對方難以包抄，但卻毫無遮蔽，恐怕連喘氣的機會都沒有；往下的話，雖然騰挪的空間受限，但畢竟城內地面都鋪滿了息壤磚，對這些妖怪總有點影響，也許更容易逃命？

這一剎那，沈洛年做了往下飄降的判斷，在對方即將追上的瞬間，身形倏然化為五道，而最後一道身形，正是往地面飛射。

「咦？」敖盛看到這種分身幻術，又忍不住叫了一聲。

年歲較長的敖旅、敖彥雖沒叫出聲，表情也帶著驚疑，當下兩人左右一分，從兩側往前方飛射。

沈洛年雖然晃出五條虛影，實際上還是只有一個身軀，迷惑一剎那後，下一瞬間依然可以判斷出沈洛年的去向，但就這麼一霎時的迷惘，對方便很難欺近。

不能追近，該如何擒殺？敖盛對著沈洛年急衝的同時，敖彥、敖旅兩人已經繞到前方，阻止沈洛年繼續往東面衝，否則若給他鑽入民居，恐怕更難追捕。

見前方兩人攔截，沈洛年也不敢貿然靠近，既然後方只有敖盛一人接近，當下他展開化身之法，和敖盛一追一逃地纏戰起來。

敖盛幾次撲空後，忍不住哇哇大叫，不再想著活捉，手中寬劍快速連揮，劍炁四面飛射，只見一道道劍炁炸入地面，轟得息壞磚四面爆散、土石紛飛，在一連串的響聲過後，下方原本平整的道路，彷彿變成開墾過的農田一般。

但不論他怎麼追擊，還是摸不到沈洛年的邊，劍炁雖快，畢竟是直線飛射，此時只有敖盛一個人出手，在一道道劍炁之間，找出縫隙並不困難。

敖盛越打越火，正想開口罵人，那端敖彥突然開口說：「盛，用掌試試。」

「用掌？」敖盛一怔，左手一推，一片妖炁往下泛出。沈洛年吃了一驚，自己受得了，凱布利可受不了，當下狼狽地往外閃，還好這大片妖炁速度不如劍炁，範圍雖廣，沈洛年依然躲開了，那片掌力一轟，本就已經鬆軟的地面，霎時炸起一大片塵泥四面飛灑。

「這樣也不敢接？」敖盛有點意外，突然把劍收回身後，兩手一張，一股數公尺寬的妖炁瀰漫而出，由上而下對著沈洛年壓下。

這招倒不陌生，當初在板橋車站第一次見到奇雅和瑪蓮，奇雅就用這種功夫壓扁那水饅頭妖怪，只不過沒想到今天輪到自己吃這招。

這種攻擊法速度和威力雖然都不如劍炁，但範圍奇大，看來沒得閃了，沈洛年倏然一轉方向，點地急飛，對著東方敖旅、敖彥兩人之間穿去。

兩人這時都已經收了寬劍，眼見沈洛年衝來，敖旅輕叱了一聲：「回去！」他們同時發掌，又是兩片龐大妖炁漫出，在前攔路，兩股力量交錯間，還不斷傳出炁息互迸的微微炸響，看來蘊含的妖炁並不算少。

這一瞬間，沈洛年倏然收起凱布利，泛出道息護體，同時貼地急點，化成一道紅色的箭矢，無聲無息地從敖彥、敖旅兩人妖炁之間穿透，趁著兩人沒反應過來的一瞬間，向著東方的房屋群掠去。

「怎麼回事？」敖旅大吃一驚，妖炁與心念相繫，若對方以炁息突破，無論用什麼方法，都會有感應才是，但剛剛沈洛年穿過的剎那，卻完全沒有和對方衝突或磨耗的感覺，泛出體外的妖炁，就這麼突然散化了一部分。

不過這時候沒時間細思，收了凱布利的沈洛年速度比剛剛又慢了些，三人同時催動速度，很快又從身後追上，他們也不打招呼，三股妖炁同時轟出，從後方急催過來。

這種散成大片的掌力，雖遠不如劍炁強勁，但凱布利也承受不起，還好在地面上，用不用凱布利影響不算太大，收著凱布利的沈洛年以道息護身，點地急衝，一路向著房屋群奔……這些虯龍一直浮在空中，看樣子不願接近息壤磚，等自己逃入屋中，看他們怎麼找起！

很快地又是好幾波龐大妖炁從身後追上，此時使用分身障眼法也沒什麼效果，反而會減慢速度，沈洛年就這麼一直線地往東奔，不管後方一波波湧來的妖炁，而敖旅等人也沒想到攻擊會無效，一時沒反應過來，就讓沈洛年這麼鑽入了丑字區的房屋群中。

這下可輕鬆了，沈洛年無聲點地、貼牆急閃，找了間只掛了簡單門簾的房子就鑽了進去，這兒恰好是所謂「共聯族」居住的簡陋房宅，此時大多數人都離開了房舍，留下的人極少，自不易驚擾到旁人。

而既然連凱布利都已收起，沈洛年此時身上毫無妖炁，敖旅等三人雖然前腳後腳地衝來丑字區西面上空，卻已經失去了沈洛年的蹤影，也無法感受。

三人對望一眼，敖盛有點擔心地說：「旅……旅哥。」

敖旅之前臉上一直掛著淡淡的微笑，但那個笑容終於收了起來，他眉頭微皺望著周圍的大小街道，沉聲說：「他走不遠的！」話聲一落，敖旅拔劍出手，匯聚了一股強大的妖炁往斜下方橫掃。

這股劍炁雖然強大，卻並不特別凝聚，反而不斷地往外擴散，到了丑字區外，已寬達十餘公尺，向著房子直掃了過去，十幾棟簡陋的房宅霎時崩塌，下一瞬間，驚呼聲與哀號聲從四面傳了出來，卻是雖然這兒的人大多都去了廣場，仍有些老弱留在家中，這一下劍炁掃過，運氣好沒死的也難免被崩塌的磚木所壓，自不免發出哀號。

眼見傷及無辜，西方子字區廣場的人們大驚，不少人一面驚叫，一面慌張地想往這兒奔，但那些維持秩序的部隊也知道不妙，連忙把那些人攔住，而這兒本是自稱「共聯族」那群人的臨時房舍，這麼一轟，也把那七千人的笑容都轟不見了。

敖彥見狀飄近問：「旅哥？」

「有人類在呢。」敖盛也說。

「這兒人不多。」敖旅想了想又說：「劈高一點，頂多輕傷，像這樣。」說完，他又揮了一劍，這次準頭取得高了點，轟隆隆地又掀翻了十幾戶房舍的屋頂。崩亂聲中，夾雜著幾聲慘呼，而威力所及的地方，房子上半截都已崩散，從上方巡視可以看得清楚。

「好辦法。」敖盛一笑，學著拿劍亂揮，又炸翻了好幾十戶房宅屋頂。

「你們動手，我去揪出那小子。」敖旅劍收肘後，往那些房屋飄去。

敖彥正要動手，突然回過頭，一股劍炁往西方揮去，在子丑兩區之間的道路上炸開一片泥塵，一面冷冷地沉聲說：「請勿接近，以免誤傷。」

卻是高台那個方向，剛剛正有一大批人忍不住奔來，其中不乏各勢力的變體者，但見敖彥這一劍的威勢，卻不禁都停了下來。

「怎麼了？彥哥。」敖盛好奇地回頭。

「沒什麼，只是警告那些人別做蠢事。」敖彥扭回頭，一面揮劍，一面緩緩往前飄，繼續拆房子。

此時兩人拆房，一人巡視，很快地，數百戶的房宅屋頂就這麼被拆毀，在一片煙塵瀰漫中，到處都有微弱的呻吟聲，好端端一個住宅群，不過數秒的工夫，就這麼變成彷彿大戰過後的斷垣殘壁，但不知道爲什麼，就是沒看到那一身紅衣的沈洛年。

ISLAND

變重啊！

原來沈洛年當第一道劍炁轟散屋頂的同時，已經知道對方想幹什麼了，他早在自己躲藏處房頂被轟之前，躲入屋內一張簡陋的木床下，反正這兒的房宅大多只是臨時建築，也沒有什麼牢固厚實的屋頂，就算塌了下來，也壓不死身為變體者的自己，果然隨著劍炁轟過、房頂壓下，沈洛年用力一托，散去了那股衝力，那些磚泥連床都沒能壓垮，就這麼堆在床上，反而成為良好的掩蔽，他當下舒舒服服地躲在土磚覆蓋的床底下，打算等虯龍族走了後再開溜。

但隨著虯龍族轟散的範圍越來越大，周圍傳出的哀號痛哭聲也傳入沈洛年耳中，沈洛年不免大皺眉頭，這些傢伙果然不怎麼在乎人命，還說殺人償命呢？看來這法規只限對人類有用，沈洛年暗哼了一聲，繼續躺在床底，雖然那些哀號聲讓人聽著難過，但反正那些人和自己不熟，何況這時當然是自己性命最重要，也顧不了這麼多了。

不過有個嬰兒哭喊聲似乎也太近了些……沈洛年遲疑了幾秒，才從床旁的磚土縫隙，就著空中灑下的月光，往外窺看。

這兒能往外看的縫隙不大，沈洛年上下左右瞄了好片刻，發現房中除了大床之外，似乎另有張小矮床，哭喊聲就是從那床上傳出來的。

莫非這屋裡面放了個小娃兒？剛剛屋內一片漆黑，自己倒沒注意……卻不知這娃兒有沒有被磚瓦壓到？不過聽他哭聲宏亮，也不像受了什麼重傷，只希望他是被巨大聲響嚇醒因而哭泣，畢竟在這種時候，就算那嬰兒眞被磚石壓傷，自己也沒法出面幫忙。

話說回來，小孩哭起來可眞吵！雖然沈洛年也明白每個人小時候都當過吵人的嬰兒，但聽著嬰兒沒完沒了的哭泣，仍是不免暴躁起來。

眞是選錯房子了，沈洛年搖了搖頭，不再往外偷瞧，他躺回床底，舉手塞著耳朵，心思往外延伸，注意著敖旅等人的動向。

敖旅等人清開了百餘公尺方圓、千多戶房宅的屋頂，卻依然找不到沈洛年的身影，三人迷惑之餘，也漸漸停手，不再繼續破壞。

虯龍族雖不怎麼在意人命，但也不嗜殺，一路往外破壞並沒有意義，畢竟沈洛年動作再怎麼快，總不可能完全躲過三人的六隻眼睛，既然一下子就沒了蹤影，應該是隱身在附近房屋內，不可能已逃到遠處，但又爲什麼找不到人？三人聚在一處，敖旅臉色難看，敖彥、敖盛則是兩人對望著，都有點不敢開口。

過了片刻，敖彥開口說：「旅哥，算了吧？」

「對啊。」敖盛說：「等統一人族之後，那人也沒地方可逃。」

「連個人類都捉不到，我們有什麼臉號令人族？」敖旅說：「今晚絕對要逮到那小子。」

「那人很古怪。」敖彥說：「好幾次明明擊中了，又似乎沒用。」

「對！對！我也有發現。」敖盛也說：「他會什麼古怪的化炁功夫嗎？」

經兩人一提，敖旅冷靜下來，沉吟說：「確實，而且他剛剛逃竄的時候，影妖一收，完全沒有妖炁，速度卻依然不慢……這人可能掌握了什麼運使炁息的法門，讓人無法感應……又能無聲無息地把對手的妖炁化散掉。」

「如果是這樣的話……」敖彥說：「只是感覺不到互消的反應，並不是妖炁無效？」

「應該是這樣，否則妖炁爲什麼會無效？」敖旅說：「因爲對手動作太詭異，我們剛剛都只是試探性地攻擊……若劍炁能及體，應該會有效，大範圍的掌力要達到那種強度，太耗妖炁。」

「可是我剛劍炁都揮不到他……」敖盛嘟起嘴說：「那小子和鬼一樣，輕飄飄地晃來晃去，我老覺得自己眼花了。」

「或者要試著近點攻擊？」敖彥說：「劍炁雖然不慢，還是沒有貼身攻擊的速度快，不過……那小子似乎會幻術？」

「彥哥你也看到了？」敖盛睜大眼睛說：「對你們也有效嗎？」

「還有。」敖彥又說：「下方渾沌原息不足，他如何能保持妖炁的？」

「你們沒注意到嗎？」敖旅往西揚首說：「白宗有少數幾個人，似乎掌握了特殊的方式，就算落地了仍能聚炁。」

敖彥、敖盛一驚，回頭往西看，果然發現站在西邊不遠處的那群人中，有近十人身上還保有炁息。敖盛目光一亮說：「居然有這種辦法？能不能問問他們怎麼辦到的？」

敖旅不知那是洛年之鏡凝聚道息而來，只以爲是息壤土環境中的特殊法門，搖頭說：「沒必要，那法門只有在息壤土包圍的環境下有用，離開這兒之後還不是無用？別扯這些了，先把那小子找出來再說。」

「唔……」敖盛望著下方皺眉說：「怎麼找啊？」

「彥，你覺得呢？」敖旅問。

「他若不是躲到什麼遮掩物之下，就是有地洞。」敖彥說：「若只是躲在遮掩物底下，只要把地面所有物體破壞，應該可以找到。」

敖彥說完，三人透過掀翻的屋頂往下望，見除家具之外，沒什麼往下的通道，原來歲安城內確實許多房舍有挖地下室，但這附近的房子恰好多是幾日內臨時新建暫居，本就沒有這種設計。

「這附近房子不像有地洞，動手吧。」敖旅說完後拔劍橫掃，這次他劍炁貼地而掠，把剛剛打垮屋頂的半截房宅，從底部爆碎，炸起數公尺高，在轟然聲中，泥磚家具四面亂飛爆散，威力所及之處，數十戶房宅被夷為平地，若沈洛年當眞躲在什麼遮蔽物下，自是無所遁形。

敖彥、敖盛見狀，跟著出手，又是兩道劍炁往外炸，土石紛飛的同時，沈洛年果然藏不住，只見一道紅色身影在第三波劍炁發出之際陡然竄出，沈洛年踩著凱布利飄在空中，手上抱著一個嬰兒，氣呼呼地罵：「媽的，渾蛋！你們是來抓人還是來屠城的？」

卻是沈洛年感應著那些劍炁的攻擊，早已知道這些房屋無法倖存，不過自己不怕妖炁，若是用道息護著這張床貼地不動，對方也未必會察覺，反正這一瞬間飛上天的東西這麼多，也不會有人注意到某一小塊地區沒受到影響，就在這時，一股劍炁果然貼地迫了過來，當下沈洛年以道息護著矮床，縮在泥塵之中一動也不動。

沈洛年正得意的時候，卻聽到那吵死人的嬰兒哭聲突然變高、變遠，他這瞬間忽然想起，那一下劍炁，想必轟飛了嬰兒床，若讓那吵死人的小鬼這樣從高空落下，豈不是非死不可？這一剎那，沈洛年心中怒火湧出，腦中熱血一沖，終於忍不住控制著凱布利飛起，在空中一把將那嬰兒抱住。

而敖旅等人見沈洛年出現，三面一分，將沈洛年圍住，敖旅寬劍指著沈洛年，沉聲說：「你終於出來了。」

「太過分了！你們想殺這孩子嗎？」沈洛年剛剛只是一心想逃，這時眞有點想宰了這三條渾蛋龍。

「是你逼我們的。」敖旅淡淡地說：「若非你到處逃竄，也不會有人受到連累……把孩子放下吧。」

看來自己若是一直在城中逃下去，不用等鑿齒來攻，這城就會先被這些渾蛋虯龍毀了，但若逃出歲安城，沒了息壤磚的幫助，恐怕更難應敵，現在該怎辦？

沈洛年一面想，一面緩緩落地，打算把孩子放下，也直到這時，他才有時間低頭看看那哭個不休的嬰兒。

那娃兒不過幾個月大，小小的臉蛋看不出男女，說不定是在噩盡島出生的孩子，他紅通通的小臉蛋正努力地哭喊著，那雙不怎麼有力的圓滾滾小胖手，一隻正胡亂揮舞著，另一隻則揑握著沈洛年血飲袍胸口衣襟不放。沈洛年又好氣又好笑，點了點那嬰兒的鼻子輕叱：「還不放開？被你這小鬼害死了。」

那嬰兒當然聽不懂，只哭得更大聲了些，沈洛年搖搖頭，扯開嬰兒小手，將他放在地面，剛放妥的這一瞬間，他倏然點地飛騰，拔出金犀匕，對著敖盛那方位衝去。

這時沈洛年落在地面，敖旅等三人則浮在空中，敖盛眼見沈洛年即將從自己底下闖過，連忙揮劍，對著沈洛年激發劍炁，就在這一瞬間，沈洛年突然化身為五，趁著敖盛眼睛一花，他衝到敖盛身後，金犀匕對著敖盛背心刺去。

敖盛沒想到自己的護身妖炁彷彿沒有作用一般，隨著沈洛年接近而化散，他大吃一驚，旋身揮劍，迫退沈洛年的前一剎那，身後叮地一聲，背甲被鑿出一個小凹痕，金犀匕隨即滑開。

戳不進去？這可難辦了。沈洛年一面往外竄，一面大皺眉頭，虯龍的護體鱗甲未必比懂得「炎炁結膚」的雙生山魈還耐打，但如果以散化妖炁之後來比較，那堅硬如鋼的鱗甲卻比山魈的皮膚還難對付，沈洛年速度雖快，金犀匕雖利，但畢竟妖炁不足，力道孱弱，雖然刺上了，卻戳不進去。

敖盛一瞬間被沈洛年擊中，不只他本人意外，敖彥與敖旅也嚇了一跳，敖旅立即揮劍迫向沈洛年，敖彥則是在兩人之前，以掌力擊發出一道強大的妖炁，對著沈洛年下半身轟去。

沈洛年暗暗心驚，劍炁不難閃，但那白臉虯龍青年的大範圍掌力可有點難對付，對方刻意往下盤轟，若要閃過，只能往更高的地方飛……但和虯龍族戰鬥，離息壤磚越遠越危險；可是現在往下竄的話，就算自己無妨，凱布利仍可能會被擊破；但若收了凱布利，下落速度又會變慢；但如果往上的話……沈洛年還沒想清楚，對方那大片妖炁已經接近，眼看著往下已經來不及，沈洛年心念控制著妖炁往上，向著空中急飛，閃過了這一擊。

但這一飛，離敖家三人又更近了，剛剛敖盛被沈洛年刺了一下，心中又羞又惱，眼看幾次劍炁沈洛年都避得輕鬆，他一咬牙，揮劍欺身，凝炁於劍，直接砍劈。

剛剛能摸到敖盛，一大半是趁敵不備，如今正面相對峙，敖盛固然打不到沈洛年，沈洛年卻也不敢貿然靠近，沈洛年感應得很清楚，對方渾身布滿了強大妖炁，無論揮劍或是移位，速度都十分快，若非對方摸不透自己的動作，早已被人逮住，這時正是運用賴一心的建議，多用虛招，讓對方產生迷惑，再找機會攻擊。

所以沈洛年忽進忽退的，偶爾橫空往外，偶爾又化身為五，但就是繞著敖盛打轉，不肯隨便接近，而兩人既然近距離纏戰，敖旅、敖彥也不便插手，當下分站兩側，防範著沈洛年再度竄逃。

既然敖盛摸不到他，沈洛年自然也有時間往外觀察，見敖彥和敖旅此時都收了劍，張開雙手瞪著自己，沈洛年不由得暗暗心驚，看樣子自己若是要跑，他們絕對會改用範圍型的掌力應付……靠閃避能力，要逃出外圍兩人的封鎖線其實不難，問題是速度不如人，也甩不掉對方，這般耗下去，等自己精智力不足的時候，不就死定了？

現在顧不得其他了，得想辦法打贏逃命……沈洛年不斷移位間，倏然欺近，趁著敖盛長劍還沒轉回，對著敖盛左肩無甲之處劃去。

這是把賴一心之前的兩個建議綜合起來的效果，首先沈洛年十次攻擊中有六、七次是虛招，一來讓對方難以揣測；二來虛招代表著半途轉向，移位速度又會提升，對方卻是每招都得防範，久而久之，自然會感到疲累，逐漸產生空隙，而沈洛年運用的另外一個建議，就是不攻擊要害，要害畢竟是對方最在意的地方，也最難下手，所以這次沈洛年選擇了左肩側無甲處，果然一擊而中。

但刺上的那一瞬間，只聽又是叮地一聲輕響，一樣只劃出一道淺痕，沒能刺入。

沈洛年撤退時，一面暗暗詫異，原來虯龍族除了明顯有鱗甲的地方外，其他地方看似人類的皮膚，受擊時依然會鱗甲化？畢竟虯龍族本就是全身鱗片的妖族，這倒也不難理解……但這樣一來，自己根本沒法擊傷對方啊。

沈洛年大感困擾的時候，敖盛卻也又驚又怒，他沒想到自己提高警覺之後，居然又被沈洛年近身戳了一下，雖然沒受傷，仍是奇恥大辱，他臉上漲紅，揮劍揮得更快，但卻失了冷靜，更不容易追上沈洛年。

「盛，退開。」敖旅突然叫。

敖盛微微一怔，左掌一揮，一股妖炁泛出，逼退了沈洛年，身子跟著後撤。沈洛年以爲對方想講和，剛凝定身子想開口，卻見敖旅、敖彥兩人四掌張開，大片妖炁同時泛出，一前一後對著自己夾來。

媽的，原來這些渾蛋虯龍玩陰的？現在想逃已經來不及，這些妖炁自己雖不怕，凱布利倒受不了……沈洛年心念一動，將凱布利收回體表，就這麼讓兩方的妖炁轟上身，跟著他閉上眼睛，彷彿昏迷一般地往下墜落。

「抓到了？」敖盛見狀，驚喜地加速飛落，伸手抓向沈洛年衣領，想把他往上提。

「盛，小心點。」敖彥揚聲說。

「知道……咦，這人好輕？」敖盛就這麼一把提著沈洛年，正想伸另一手探他鼻息，突然有種奇怪的感覺泛出，似乎沈洛年體表冒出了什麼古怪、又難以感覺的東西。他微微一怔，卻見沈洛年已睜開了眼睛，左右手突然閃電般地抓著自己雙手，敖盛一驚，正想運出妖炁攻擊，卻發現那種古怪的感受已包住自己體表，妖炁一催即散，渾身痠軟，根本無法御炁，敖盛驚呼一聲，就這麼被沈洛年抓著下落。

敖盛驚慌之餘，全身妖炁往外狂鼓，但一出體外卻馬上化散，最後終於砰地一聲重重摔到地面，這兒地面是整片的壓縮息壤磚，道息幾乎不存，在這種環境下，敖盛體內妖炁更是快速外散，他一個失控，痛呼聲中，身體轟地一聲變回龍形，不過卻只有兩公尺長，大概是因爲體內妖炁大量散失，無法恢復原來的大小。

沈洛年落地前已翻身而起，眼見敖盛化爲原形，他也有點意外，不過這時候沒時間仔細欣賞，沈洛年放出凱布利，將化爲龍形的敖盛壓趴在息壤磚上。

敖盛全身妖炁盡散，蠻力又抵不過凱布利的妖炁，他無力地掙動著，但只能勉強揮動尾巴兩下，其他部位完全無法動彈，沈洛年站在敖盛身旁，對著正變色撲來的敖旅、敖彥說：「別過來！小心我宰了他！」

敖旅手中凝著強大妖炁，卻又不敢擊發，怒沖沖地說：「快放了他！」

「你打錯主意了。」敖彥也沉著臉說：「你忘了自己武器傷不了盛嗎？」

「是嗎？」沈洛年說：「他現在妖炁盡散，我的影妖妖炁雖少，全送入他體中難道也沒用？」

敖彥一怔，望著凱布利片刻，終於確定自己不是眼花，凱布利雖離地很近，身上卻仍保有妖炁，要殺了妖炁盡散的敖盛，確實有可能。

「你們只要答應別管我的事，我就放了他。」沈洛年也不想把虯龍族保護人族的事情完全打亂，當下說：「這條件不過分吧？」

「他確實是我們珍惜的族弟，但是虯龍族一向不受人威脅。」敖旅深吸一口氣說：「盛，你做好心理準備了嗎？」

「是，旅哥。」敖盛龍嘴吐出的聲音比原來低沉，他有氣無力地應聲：「不用顧忌我。」

「很好，我們一定替你報仇！」敖旅緩緩拔出寬劍說：「姓沈的小子，動手吧。」媽的！真是臭脾氣，果然和麟犽是親家，沈洛年忙叫：「等一下！」

「又如何？」敖旅手中寬劍一指，凝視著沈洛年說。

「讓我說完！」沈洛年可不想和虯龍結下什麼血海深仇，否則若從今以後，這最強的妖族老是死纏著自己，那可討厭。沈洛年腦海急轉，想著當初和惔丹相處的經驗，這些妖仙族雖然脾氣又臭、又硬，但只要拐個彎，一樣可以找到騰挪的空間，他目光一轉說：「威脅的事情就不提了，我放了他也無所謂，但他既已被我所擒，今日之戰，總不能再插手吧？」

這倒是合情合理，沈洛年若殺了敖盛，敖盛自然也無法參戰……既然不是威脅，也不用逼對方宰了自己族弟，敖旅點頭說：「敖盛已經落敗，今日他不會再動手。」

「好！」沈洛年當即收起凱布利，放了敖盛，一面遠遠退開。

敖盛束縛一失，馬上藉著四爪縱起，用力掠上空中，同時引聚妖炁，把自己托起，這才慢慢地飄到敖旅、敖彥身旁。

「沒事吧？」敖旅轉頭看了他一眼。

「沒事。」敖盛維持著龍形，有點委屈地低聲說：「這人類很古怪，被他抓著時，妖炁離體即散，好像消失了一樣……你們小心別讓他碰到身體。」

高。

「知道了，你到高處引炁。」敖旅說：「今夜你別再動手。」

敖盛點點頭，騰動著龍形身軀往空中飄去，高空中道息濃度較高，引聚妖炁的速度也會提高。

敖旅、敖彥兩人抬頭仰望，一面低聲商議了幾句，一面看著百公尺上方的敖盛，見他妖炁逐漸增加，身體似無不妥，兩人這才安了心。敖旅心念一轉，低頭望向沈洛年說：「你若願意投降受縛，我可以留你一命，把你關在龍宮。」

敖旅這麼說，其實已經有點惜才的念頭，畢竟沈洛年放了敖盛，總算是承他的情，帶回龍宮囚禁總比當場殺了好，過個幾年，自然大有騰挪餘地。

不過沈洛年可不想被關去龍宮，他搖搖頭說：「多謝美意，我不去龍宮。」

敖旅望著沈洛年說：「我們不想造成太大的破壞，出手一直都很節制……剛剛敖盛被你所擒，也只是大意，你別以爲我們當眞拿你沒辦法。」

沈洛年自然知道對方不是好惹的，但總不能束手就縛，他搖搖頭說：「動手吧。」

敖旅和敖彥對看一眼，敖旅低聲說：「照你說的辦法。」

敖彥點點頭，寬劍插回身後，突然往下急掠，同時兩手聚力一推，一股強大寬廣帶著破壞力的妖炁，泛成一大片，對著沈洛年腦門壓了過去。

這一瞬間，數十公尺方圓都籠罩在這股妖炁的範圍之內，沈洛年無處可閃，只好收起凱布利，以道息護體，受了這一下。而地面被這股力道一壓，先是轟地一聲往下陷落成粉，跟著被那股炁勁一炸，四面飛散，除沈洛年站立的那半公尺方圓，周圍大片土地，倏然凹下了近一公尺深，露出原本的黃色土壤。

沈洛年心中暗驚，若不是道息有如作弊一般可以化散妖炁，剛剛那一下自己就死定了，就算是白宗眾人合力，大概也頂不住這一下，還好沒讓他們陪自己送死……沈洛年正自吃驚，下一剎那，手中還拿著寬劍的敖旅，已經衝了過來，寬劍一揮，迅疾如電地對著沈洛年右肩劈去。

卻是經過剛剛的交戰，敖彥已經大概推測出沈洛年的能力，他們已知沈洛年具有化散妖炁的古怪能力，所以不能遠攻、也不能肉搏，唯一一個方法就是用武器近身作戰，但地面有壓縮息壤磚礙事，讓人不便接近，所以敖彥首先以大量妖炁直接破壞地面的息壤磚結構，跟著敖旅才揮劍欺身，以武器和沈洛年戰鬥。

虯龍族少年時就能化為人身，敖旅揮動寬劍的歲月少說也有千年，論招式熟練度，絕不下於任何人類高手，而在龐大妖炁催動下，速度又快得驚人，這一接近，可比當初和高輝作戰更為危險，沈洛年當下身法展開，四面飛閃，一面往外退避。

敖旅招式不像高輝一樣繁複多變、巧妙華麗，但每一招、每一式都是迅捷明快、對準要害，專攻沈洛年難以防禦的地方，似乎也是走「快、狠、準」的路線。

根本就不能接近對方啊……敖旅那把長寬大劍彷彿電光一般揮舞，沈洛年找不到空檔，只顧著往外閃竄，但下一瞬間，敖彥也從另一面衝了下來，寬劍展開，四面封鎖沈洛年的去路。

沈洛年暗暗叫苦，時間能力開啓，一面尋找兩人劍路之間的縫隙，一面連續化身往外閃，但只要奔出這區域，兩人之一馬上騰起，隨即又是一大片妖炁沒頭沒腦地壓下來，把下方息壤磚破壞一空，這兒畢竟不是高原上，息壤磚爆散之後，原有息壤土的道息排斥力雖仍有影響，但敖旅兩人只要不緊貼地面，仍能出手攻擊。

眼看自己無論逃到哪兒，對方就是騰空聚炁轟下，把所有建築連同息壤磚一起破壞，這樣到處逃下去，歲安城豈不是毀了？沈洛年不敢再往房子竄，打點精神，和敖旅、敖彥兩人周旋。

但沈洛年這一停下，敖旅、敖彥兩人不用騰空，可以全力追繞著沈洛年圍殺，沈洛年立即陷入危境，他開啓時間能力固然能看清對方的招路，但看得清不代表閃得掉，對方用龐大妖炁催動著武器和身軀，速度實在太快，那寬劍又大又長，揮舞的範圍十分大，兩把寬劍同時揮動，空隙又少，沈洛年漸漸支持不住，只好又往外竄。

但敖旅和敖彥難得這麼接近沈洛年，可不想讓他跑了，敖旅寬劍從後方急揮，敖彥卻是目光一閃，鼓出一道劍炁往斜下飛射，對著沈洛年腰腿處衝去。

這一下，沈洛年有點意外，沒想到敖彥突然又使用起劍炁，他們還認爲有用嗎？沈洛年稍微往上轉向，閃過劍炁，正要繼續飛竄時，那道劍炁炸上鬆軟的地面，轟地一下大片土壤被劍炁濺起老高，彷彿一片土牆般地擋在沈洛年面前。

完蛋了，沈洛年沒想到會遇到這種事，自己沒有質量，若硬著頭皮撞上去，恐怕會被泥土彈了回來，但身後還有兩把劍等著呢……沈洛年這一瞬間，一面化身幻形一面急往上騰，最後從左上方斜竄飛出，但右大腿後側已被敖旅的寬劍末端追上，劃開一個大口。

切開的下一瞬間，血飲袍開始作用，傷口和衣袂迅速合攏，沈洛年咬牙忍痛，扭身飛竄。

「怎會是血飲袍？」敖旅微微一怔，但手上未停，仍快速地追擊著。

同時敖彥發現此法具有奇效，當下騰身而起，四面激起土壤，阻攔沈洛年閃避的方位。

沈洛年暗暗叫苦，前面泥土攔路，後面巨劍追擊，這樣豈不是只能往空中飛？但飛得越高，對方就越強，現在已經打不過了，怎還能往上飛？何況飛上去就得靠凱布利，對方要是再來個大範圍妖炁轟擊，自己非得把凱布利收起不可，那時懸在半空，又該如何騰挪？當下沈洛年只好繼續點地閃行，在四面濺起的泥牆中，找尋安全的路線。

但說得簡單，實際沒這麼容易，沈洛年幾次差點中劍，正徬徨的時候，突然聽到一聲大叫：「變重啊！」

那是……賴一心的聲音，「重」？難道剛剛賴一心的提示，是用在這種時候？沈洛年還沒想通，身後又是一大片泥塵炸起，同時前方敖旅的長劍正高速揮來，沈洛年避無可避，當下匕首裹滿道息，對著寬劍格去。

兩方一碰，沈洛年雖然化去了劍上的妖炁，但正如當初懷眞所言，物力是化不掉的，這一股強大的力道震得沈洛年手臂發麻，身子飄起，高速往後急飛，往那片土牆撞去。

這一撞上去，恐怕馬上陷入泥堆裡面動彈不得，這時才叫凱布利開路已經來不及，沈洛年正惶恐，卻聽賴一心還在那兒大叫：「重啊！重啊！」

沈洛年雖然還沒想通，但賴一心既然這麼喊總該有點道理，反正已經完蛋了，死馬且當活馬醫，沈洛年碰到泥土之前，倏然改變心念，讓自己全身增重。

這法門沈洛年可從沒試過，也不知道這一瞬間變得多重，但正如賴一心所推測，這種改變質量的能力，能直接破壞物理定律，沈洛年並沒有因爲變重而倏然減速，依然高速地對泥土衝去。

兩方一撞，變得「具有高質量」的沈洛年，毫無阻滯地撞散了那片泥沙，就這麼高速飛了出去。

突破泥沙的瞬間，沈洛年先是一愣，旋即豁然而悟，變重當然會影響轉折的速度，但已經在高速狀態下，變重卻不會減速，當然，若要轉折得先記得變輕……沈洛年再度輕化的瞬間，敖旅已經追上，他寬劍當空下刺，急指沈洛年。

如果是這樣的話……沈洛年這次故意不閃避，他手臂疾旋，金犀匕斜前上刺，對寬劍揮格，他這一剎那時間能力全開，在劍匕接觸前，全身連同金犀匕的質量大幅提升，道息也跟著往外泛出。

敖旅劍上妖炁散化的同時，兩方劍匕相觸，下一瞬間，敖旅突然感受到劍上傳來一股巨力，而手上妖炁又在這一瞬間莫名地四散，他還沒想清楚發生了什麼事，當下虎口一震、寬劍鬆脫往外飛翻，同時沈洛年那泛著黃芒的亮晃晃匕首繼續往上斜衝，正對著自己胸口搠來。

敖旅吃了一驚，顧不得右手發麻，虛掩胸前的左掌往前急探，擒抓沈洛年握匕的右腕。論理沈洛年直線速度不如敖旅，理應變招攻擊，但這時沈洛年手與身軀彷彿失控一般，不再變化，就這麼硬生生撞來，敖旅一把抓上，正要施力扭轉，左手卻跟著一軟，妖炁再度佚失，而且接觸的這一瞬間，他察覺對方匕首上雖沒有妖炁，蘊含的力道竟異常強大，彷彿一塊巨大山石正對著自己迎面飛撞，妖炁散失的自己根本無法阻止，雖抓著沈洛年手腕，卻只能隨著一起移動，而那把泛著黃光的匕首，就這麼突破自己護身妖炁，破開護甲、刺入胸口。

敖旅胸口一痛，閉目等死的同時，那蘊含著強大力道的黃色匕首，卻毫無徵兆地突然停了下來。他微微一怔，睜開眼睛，卻見沈洛年正將匕首從自己胸口拔出，往後飛撤，臉上的神情有些古怪。

敖旅撫摸著胸前隱隱作痛的傷口，看著指端沾染的血漬……這該是兩千多年來自己第一次受傷吧？他凝視著沈洛年，不明白對方為什麼能傷了自己，更不知道為什麼會臨時停手？

緊跟著，敖彥與敖盛驚慌地飛近，敖盛先慌張地喊：「旅哥？有沒有怎樣？」敖彥則探視著傷口，檢查傷勢。

敖旅微微搖了搖頭，他凝視著數公尺外的沈洛年，一時說不出話來。

沈洛年剛剛那一下，除了攻敖旅之不備外，其實自己也沒有心理準備，畢竟他讀書時也不怎麼用功，不明白兩個剛性物體，若質量差異頗大，在空中高速碰撞後，較輕的會以更快的速度往後飛彈，正如當初他被人撞飛一樣，所以激飛敖旅手中寬劍的時候，沈洛年其實已經愣住了，於是根本就沒做任何變化，就這麼一路往前捅去。

而因為道息的關係，敖旅的妖炁無法發揮作用，金犀匕帶著強大的動量，勢如破竹地往前穿入，直到破開敖旅的護身鱗甲，穿入身軀的那一瞬間，沈洛年才倏然回神、改重為輕，終於停住了金犀匕。

此時狀況突然變化，沈洛年不但硬碰硬正面傷了敖旅，還停手留他一命，虯龍族可說是輸得不能再輸，別說虯龍族三人不明白怎會如此，沈洛年也頗爲錯愕，兩方對看片刻，都不知道該怎麼繼續下去。

過了好幾秒，敖彥這才乾咳一聲說：「關於捕捉沈先生的事情，就此打住吧。旅哥，還是正事比較重要，我們先去與張盟主洽談……」

「你說什麼？」敖旅沉著臉，打斷敖彥的話：「我們已經一敗塗地，還有臉統帥人族？」

敖彥一怔，壓低聲音說：「旅哥，這樣怎麼和王母交代？而且若不是這兒環境特殊，怎麼可能……」

「夠了，輸了就是輸了。」敖旅搖頭說：「你覺得人類還會願意尊奉我們嗎？總之是我能力不足，一切責任我負。」

什麼？他們不管人類了？這可不是自己的目的！

沈洛年忙說：「且慢，關於人類尊奉虯龍的事……」

敖旅搖手說：「人類由你管理，虯龍族不再干涉。」

我不是這意思啊！沈洛年忙說：「我不管理，你們去管沒關係。」

「你在譏笑我們嗎？」敖旅沉著臉說：「我們既然對付不了你，如何能管治人族？如何執法？」

「唔……」沈洛年一呆，可說不出話了，總不能爲了讓他們能夠執法，送上自己腦袋吧？自己可沒這麼慷慨大方。

「今日虯龍族就此認輸。」敖旅望著沈洛年說：「數日之內，道息必漲，鑿齒定將大舉攻城……希望人類有辦法自保，否則就退入山裡吧。」

沈洛年忍不住說：「要不要再商量一下？其實我覺得還是讓你們……」

「不用說了。」敖旅鼓出妖炁，帶著敖彥、敖盛騰飛而起，揚聲說：「今夜這一刺之辱，敖旅銘記在心，他日必來討還。」話聲一落，敖家兩人一龍，就這麼往西方高速飛掠而去。

「喂？」眞跑了？不會吧！完蛋了……看著虯龍遠去的身影，轉回頭看著白宗人正欣喜地奔來，沈洛年不禁暗暗叫苦，這下該如何是好？

我負責殺人

「靠！洛年！你眞把那些龍趕走了！」瑪蓮縱身撲上，從後方用手臂勒緊沈洛年頸子大叫：「好厲害！」

這動作代表佩服？沈洛年倒不知該怎麼應付瑪蓮，只能扯扯脖子上的手，以保呼吸順暢。

「喂！阿姊！這樣不好啦。」張志文見瑪蓮緊緊抱著沈洛年，不禁張大嘴，一臉苦相。

瑪蓮心情正好，她回頭白了張志文一眼，笑說：「阿姊高興！你這臭蚊子吃啥醋？」

張志文一怔，結結巴巴地說：「阿姊……妳說我吃醋？」

「不是嗎？」瑪蓮瞟了張志文一眼，轉頭哼聲說：「不是就算了。」

「是！當然是。」張志文飄身繞到瑪蓮面前，笑著說：「我吃好大的醋。」

「滾遠點。」瑪蓮鬆開沈洛年，左足飛起，對張志文踢了一腳，一面忍不住笑罵：「你吃醋關我什麼事。」

「當然有關，有好大的關係。」張志文笑嘻嘻地閃開，換個方向又湊了上去。

張志文雖然有些怕事又懶惰，卻從來不笨，相處這麼久，瑪蓮還是第一次對張志文提到「吃醋」這兩個字，接不接受還是其次，但至少代表她終於正視了自己的心意，這可是大好消息，張志文彷彿被打了強心針般，繞著瑪蓮轉個不停。瑪蓮心情正好，嘻嘻笑著也不發脾氣。

同時前腳後腳奔上的賴一心，一把抓著沈洛年，興奮地說：「變重了吧？你剛變重了對吧？」

「是啦、是啦。」沈洛年還真的挺感激賴一心，若不是他提醒，自己從來沒想過嘗試變重，沒想到竟有如此威力。

「我就知道！」賴一心有點興奮地說：「若能掌握這輕重之間的變換，那可真是變化無窮啊……」

「輕重間的變換？什麼意思？」瑪蓮詫異地問。

賴一心正感興奮，開口說：「就是……啊，不能說。」

「什麼啊？」吳配睿也忍不住叫。

「不能說、不能說。」賴一心搖頭說：「這是洛年的祕密。」

「這還差不多。」沈洛年點頭說：「要是洩露的話，罰你……罰你不准娶瑋珊。」

「呃？」賴一心張大嘴的同時，葉瑋珊臉紅了起來，頓足說：「洛年你胡說什麼。」

沈洛年聳聳肩說：「我不知道一心怕什麼啊，只想到這個。」

「這笨蛋天不怕地不怕的……關我什麼事？」葉瑋珊先白了賴一心一眼，又忍不住回頭瞪著沈洛年說：「你也夠亂來，居然和虯龍打起來……還居然贏了……」

「可不是我招惹的。」沈洛年哼了一聲，目光往外轉，準備找人算帳。

這時周圍除白宗人之外，總門與共聯的人都在不遠處，大部分人的目光，都盯著這附近被破壞的地表。在這道息不足之處，虯龍一掌揮出的妖炁，能把數十公尺範圍同時壓陷爆散，這種力量已很難想像，沈洛年卻硬生生地承受了好幾下，不只彷彿沒事，最後還擊退了虯龍，這人到底是不是人？

不過雖然都是訝異，總門、共聯卻和驚喜的白宗不同，總門人們臉上表情是驚愕交錯，共聯則是如喪考妣般地彷彿世界末日，尤其張士科等人，似乎完全無法相信虯龍敗走的事實，惶然地站在遠處，每個人都說不出話來。

沈洛年心底其實是站在共聯那邊的，問題是不能拿自己腦袋當代價啊……弄成這樣，都是總門那群渾蛋惹出來的！現在虯龍走了，誰來保護歲安城？沈洛年想起這件事就發火，當找到呂緣海等人時，他目光一寒，對著那方向飄去。

洛年當初連殺百餘人，在總門眾人的心目中，早已變成凶神惡煞般的人物，呂緣海見沈洛年倏然飄來，忍不住退了幾步，而不只他退，總門這大群人同時跟著往後退，只有狄靜挺胸擋著沈洛年，和沈洛年對視著，不肯稍讓。

這沒人性的老太婆又想幹嘛？沈洛年停在狄靜身前，側頭瞪著她。

「怎樣？」狄靜冷冷地說：「連我這身無炁息的老太婆你也要打嗎？」

沈洛年本來還想不理她，聽到這話不禁火了起來，他最討厭這種「自命弱勢卻橫行霸道」的傢伙，因爲她是老太婆，所以就可以不怕人揍嗎？這算什麼道理？沈洛年二話不說，一個巴掌拍了過去，把狄靜打翻。

這一掌沈洛年雖沒運用質量變化，但站在息壤磚上的狄靜身無炁息，普通的一巴掌就可以把她那張老臉打腫。對沈洛年居然當眞出手，她可眞有些意外，狼狽地翻身倒在一旁，搗著臉，指著沈洛年說不出話。

「我管妳是不是老太婆？要不是看小純面子，我上次就宰了妳。」自上次偷聽到狄靜打算派人迷姦狄純的事，沈洛年就極端厭惡這老女人，他瞪著狄靜說：「妳再多廢話一句試試。」

許多女人、老人之所以敢撒賴使潑，都只憑藉著對方理論上「不該」對自己認眞，但知道對方根本不管這種所謂的「社會通則」的時候，或說當死亡擺在眼前的時候，還敢撒賴的人畢竟不多，狄靜看沈洛年眼神當眞透出了殺意，她身子微微一顫，終於閉上了嘴巴。

「洛年！」葉瑋珊奔近，拉著沈洛年說：「已經很多人排斥你了，你還做這種事？」

「我才不管別人怎麼看我。」沈洛年說。

「那……欺負弱者總不對吧？她是女人，年紀又大了……」葉瑋珊低聲說。

「這些渾蛋對我來說哪個不是弱者？都不能動手？」沈洛年哼了一聲，一指狄靜說：「這種老渾蛋，若不是『以爲』我不會動手，敢上來擋路大小聲嗎？我沒殺她，已經很客氣了。」

「你……怎麼這麼說話。」葉瑋珊說不過沈洛年，只能搖頭嘆氣。

沈洛年倒眞不怕宰了狄靜，就算狄純因此恨上自己也沒什麼了不起，不過對方挨了一巴掌就不吭聲，過去補上一刀總不大對勁，沈洛年盯了狄靜片刻，見她似乎眞的乖了，倒也不爲已甚，他轉頭望向呂緣海，這老奸巨猾的傢伙要不要順便殺了？算了，不久後鑿齒即將攻城，變體者殺了一個就少一個，還是盡量別殺。

呂緣海見沈洛年看著自己的目光怪異，他心虛地說：「這個……恭喜沈先生打贏虯龍，爲人類爭光。」

「爭光個屁！」沈洛年聽到這話更火了，要不是這群人惹虯龍找自己麻煩，何必打這一仗？他咬牙說：「剛那人……吳達呢？」

「這……他其實與我們無關……」呂緣海看沈洛年臉色難看，連忙回頭說：「但我們當然會找出他來，快，快把吳達叫來。」

此時根本沒人敢違抗沈洛年，在總門通力合作之下，吳達從人堆中被推了出來。他看著沈洛年的表情不對，突然苦著臉，趴在地上說：「沈賢侄，求求你幫我救出小睿她媽，我是被他們逼的。」

「你說什麼？」「別亂說話！」「誰逼過你了！」總門的人都叫罵了起來。

沈洛年自然看得出吳達是說謊，不過他也不可能自願幹這種事，總門也脫不了關係。他目光掃過，想了想，望向呂緣海說：「小睿的媽媽呢？也帶過來，動作快點。」

呂緣海不敢說不，當下回頭囑咐，要人把關著的吳母柯賢霞送來，本來避在人群中看戲的吳配睿，聽到這話，忍不住奔近說：「洛年？你找我媽……幹嘛？」

「小睿，這人似乎是個渾蛋？死了有沒有關係？」沈洛年指著吳達問。

吳達一驚，忙說：「小睿，我……我對妳媽一直都很好啊，小時候也有帶妳出去玩啊。」

吳配睿這一瞬間頗有點不敢回答，她怕若是點頭，沈洛年出手就把吳達殺了，自己母親能承受？但她又不願意說違心之言，只結巴地說：「洛……洛年……我……」

葉瑋珊低聲說：「洛年，別殺人。」

「我沒要殺人。」沈洛年伸手摸向吳達後背片刻，沉吟說：「這傢伙滿口都是謊話，我拿他試驗看看，死了算他活該。」

死了活該？吳達驚慌地說：「饒了我……饒……」突然他身子一軟，趴了下去。

「阿達！」這時柯賢霞恰好被送了過來，遠遠看到吳達萎靡倒地，忍不住叫了出來。

沈洛年把嚇得發抖的吳達一把抓起，扶他站直，上下看了看，探探脈息，喃喃自語了幾句，這才點頭說：「看來還挺健康的，這辦法有用。」

「我……我全身沒了力氣……」吳達慌張地說。

「你的引仙妖體集中處，被我散化了。」沈洛年回頭望向吳配睿說：「我把妳媽引仙之體也散化了吧？否則改天又被這人利用。」

吳配睿怔了怔說：「沒有壞處嗎？」

「你有辦法消除掉引仙效果？」葉瑋珊也吃驚地說。

沈洛年先對葉瑋珊點點頭，這才對吳配睿說：「算命說沒壞處。」

吳配睿遲疑了一下，終於點頭說：「好，拜託小心點。」

柯賢霞看吳達沒事，加上聽到沈洛年和吳配睿的對話，這才知道沈洛年只是把引仙的能力消除，她本就不想擁有這種能力，自引仙之後，也幾乎沒怎麼仙化過，當下不發一語，讓沈洛年把體內的引仙妖體給化散了。

「這兩個人就由白宗帶回去，好好審問看看到底犯了什麼罪。」沈洛年處理完畢之後，對葉瑋珊說：「放在總門那兒，牽腸掛肚、問題太多。」

這時也不是爭論治權誰屬的時機，葉瑋珊招來印晏哲說：「派人把這兩人帶回白宗，鎖起來看管……他們是小睿父母，別失禮了。」

「明白。」印晏哲點點頭，往下交代。很快地，吳達兩夫婦就這麼垂頭喪氣地被人帶走。

最後只剩一件事，沈洛年目光掃向有點惶恐的呂緣海，又望向一臉失落的張士科，他頭大地回頭說：「瑋珊，蚪龍走了，這城現在該怎辦？」

葉瑋珊一怔說：「現在應該趕快定下憲章，選出領導者，制定相關法規……」

「太慢了。」沈洛年搖搖頭說：「鑿齒就在城外，搞選舉、定法規緩不濟急。」

「沈先生！」呂緣海走近一步說：「第一件事，肯定就是統一！」

「這麼個小城統什麼一？」沈洛年皺眉問。

「張盟主的分離主義，差點讓我們被蚪龍族統治。」呂緣海指著張士科說：「本來只是人民的內部矛盾，你居然假借獨立一族之名，想利用外族之力，不只出賣了所有人類，還背棄廣大人民的信賴……」

「夠了、夠了。」沈洛年不習慣這些詞彙，皺眉搖頭說：「現在事權統一確實是重要的事……瑋珊，妳來做主吧。」

「什麼『我來做主』？」葉瑋珊訝異地說。

「就是妳當國王、當皇帝、當獨裁者的意思。」沈洛年說：「現在沒法律沒關係，妳決定了就算數。」

「你開什麼玩笑？」葉瑋珊大吃一驚：「我才不幹。」

「不是開玩笑。」沈洛年說：「敖旅臨走前說，數日內道息必漲，鑿齒定將攻城，想守住城，總要有人出來指揮……就暫且由妳爲主，呂門主、張盟主爲副，先把整個城的防禦組織起來……上次總門不是說要創一個什麼『噩盡聯合會』？就這麼定了吧，妳當會長。」

「那你呢？」葉瑋珊頓足說：「虯龍明明說人族以後由你管理，我們白宗盡力輔佐你就是了。」

「我才懶得管這麼多。」沈洛年板起臉說：「我負責殺人！我是會長專屬的殺手。」

「呃？」葉瑋珊一愣，說不出話來。

沈洛年目光掃過呂緣海和張士科說：「這時最重要的是團結，記住了，誰不聽瑋珊的話，我馬上宰了。」

「洛年。」葉瑋珊走近低聲說：「你別鬧了，怎能讓我做這種事？我根本不會……而且獨裁也不好啊。」

「這城內幾十萬人妳不想管了嗎？」沈洛年說：「不管也好，趁著道息未漲，我們馬上遷入山裡面。」

「不行啊！」葉瑋珊說：「這有一大半的人是我們帶來的，怎麼可以說不管就不管？」

「那就一定要有人出來統合守城啊，否則城破了還不是一起死？不然妳覺得誰當頭比較好？」沈洛年說：「我懂得不多，至少知道多頭馬車是跑不了的，難道妳要服從總門指揮？」

呂緣海實在不像好人，葉瑋珊自然沒法點頭，她正說不出話來，沈洛年又低聲說：「反正誰不聽話叫我去殺就對了，總之先把鑿齒打退，至於以後要不要民主選舉，等這次熬過了再說……不懂的就問人吧，媽的，宗儒不是當過公會會長嗎？都是會長，應該很懂，問他吧。」

遊戲裡的會長，和實際怎會相同？葉瑋珊不禁哭笑不得，但她一時之間，確實想不出第二個人選，何況這時也不適合和沈洛年多辯，她權衡利害，深吸一口氣說：「我接下就是了。」

「那就好。」沈洛年退開兩步。

「各位，如今蚍龍族已退，鑿齒數日內必定攻城，得靠我們人類自己應付。」葉瑋珊望著總門與共聯的人說：「此時時間緊迫，希望我們能捐棄成見、同舟共濟，協力解決這次的危難……晚輩雖暫時負責統籌一切，但請諸位放心，我保證打退妖族之後，一定重新導回民主的機制，絕不會棧戀權位。」

呂緣海和張士科對看一眼，兩人雖然心中都是無奈，但有殺人不眨眼、天下無敵的沈洛年壓在上面，誰也不敢說不，兩人只好點了點頭。

「首先要把戰力、編制、資源等編組統合起來，並建立命令通傳系統……」葉瑋珊說：

「我們先各選五人小組，統合各項資料一起開會。」

「你們開就好了。」張士科垂頭喪氣地說：「共聯只有三百餘名的變體戰力，稱不上部隊，要怎麼安排我們，就請直接指示吧。」

「張盟主。」葉瑋珊望著張士科說：「你不是一直想在明君下效力嗎？」

張士科一怔，抬頭看著葉瑋珊。

「我雖然稱不上明君，但所謂的賢臣，不就更該在這種時候鞠躬盡瘁、爲民謀福嗎？」葉瑋珊肅容說：「莫非一定要有蚍龍族的戰力支持，盟主才有自信一展所長？」

張士科被這話一激，怒目說：「妳到底想說什麼？」

葉瑋珊露出笑容，語聲放柔說：「共生聯盟既然奉您爲盟主，盟主當有過人之能……若能得您貢獻心力，是歲安城全民之福。」

對著這樣一個露出甜美笑顏的小女孩，張士科氣也發不出來。他窒了一窒，終於說：「我去開會便是，看看能做到什麼程度吧。」

「那麼半小時後，請兩位率領相關人等，到白宗主樓開會。」葉瑋珊說完，向兩人微微施禮，這才一笑轉身，領著白宗眾人去了。

□

經過了四天的時間，道息仍未漲，但編制已經慢慢定了出來，總門原有的近萬部隊，連同共聯、白宗的引仙部隊整個編整起來，分別防守著四面城牆，城內的持槍民兵也募集了數萬，其他人則一面製造彈藥，一面加厚各地的息壤磚，空中千羽部隊則不斷往東面大陸飛，把搜尋到的殘存武器彈藥運回，而留在城內的部隊，則每天操練著作戰與陣型技巧。

如今每個人都知道，近日內道息將會再度大漲，那時鑿齒大軍必定攻城，而且因為道息又漲，防守一定十分艱困，說不定連息壤磚造的城牆也不足以防範，此時誰都不敢掉以輕心，雖然一樣是圍城，但這幾日城內氣氛和前些日子已大不相同。

而月影團等人，除了杜勒斯年紀太小，其他人也編入了部隊之中，這時也談不上信不信任，反正敵人是想屠滅人類的妖族，能出一份力的自然會出力，就連總門、共聯，這時也真的齊心合力協助著葉瑋珊，畢竟城破了大家都得死，要內鬥等打退了敵人再鬥。

在這種備戰日子裡，白宗大樓這兒，人人都十分忙碌，除了整天躲在房裡的沈洛年之外，只剩兩個閒人，也就是年紀還輕的狄純和杜勒斯，這兩人年紀太小，葉瑋珊沒打算讓他們上戰場，所以也沒安排什麼事情給他們，兩人閒著也是閒著，這幾日便跑去城中央，和其他婦孺一般，採收妖藤磨粉，製造可久放的乾糧，以免道息一漲，萬一妖藤滅絕，斷糧可不是開玩笑的，就算有千羽部隊可以出城覓食，總是有備無患。

兩人忙了一日，在太陽下山後，全身沾滿白粉笑嘻嘻地攜手往白宗跑，奔到白宗大樓的一樓中央大廳處，才分開回各自的房間；狄純和沈洛年一樣住在二樓，杜勒斯等人算是客卿，被安排住在一樓，兩人正揮手道別，突然聽到房子一角傳出一連串轟隆巨響，彷彿什麼巨物從高處摔滾落下，跟著有間邊角小房，本來緊閉著的門戶突然震開，一大片灰塵從裡面颳了出來。

那兒是怎麼回事？杜勒斯好奇地想要走近，狄純卻緊張地抓住他說：「別過去，小心。」

「有危險嗎？」杜勒斯回頭詫異地說。

「不知道。」狄純膽子不大，拉著杜勒斯退了好幾步。

兩人交談了這兩句，周圍巡防的引仙部隊已經衝了過來，眾人四面圍住，一面派人通知上級。

白宗大部分人這時都出門操演部隊了，恰好留在主宅的只有李翰，他正在四樓練功，不用等人通報，已然聞聲趕到，他排眾而出，正要往前探查，卻見裡面又是砰砰兩聲，隨著一陣煙塵飄出，一個身穿紅袍的少年，突然從裡面走了出來，一面說：「沒事，大家別緊張。」

眾人一看，都是一驚，李翰張大嘴說：「沈……洛年兄？」

「是沈大哥？」杜勒斯也詫異地說。

「洛年？」狄純由驚轉喜，飄掠過去拉著沈洛年的手說：「這間房沒人住啊，你怎麼在裡面？」

「這個……」沈洛年有點尷尬，他望了望四面圍觀的人們，抓抓頭說：「我不小心踩壞了地板主梁，整個房間都掉下來了。」

「啊？」狄純探頭一看，果然看到沈洛年的家具在這房中摔得不成模樣，卻不知道他怎麼踩的？

這自然是沈洛年練習控制質量變換時，一個不小心造成的後果，變輕的程度挺容易體會，變重卻很難，飛騰空中攻敵的時候，突然增重一瞬間倒無所謂，但站在地面時的質量可得拿捏妥當，否則一個不小心過重，自己腿腰無法支撐跪下那可就鬧笑話了，所以沈洛年剛剛才測試著自己的承受度，只不過沒想到這兒是二樓，恰好踩斷了房間中央橫梁，當然整個地板也跟著垮了下來。

這種丟臉的事情，沈洛年自然不會解釋。他四面看看，還好瑪蓮、吳配睿等愛湊熱鬧的人都不在，他稍安了心，回頭對眾人說：「不好意思，吵到大家。」一面又往房間裡面走。

「洛年，你又要進去幹嘛？」狄純詫異地問。

「我背包還在裡面。」沈洛年說。

「洛年兄，我會派人幫你取出。」李翰走近微笑說：「我也會另外幫你安排一間房間，這段時間，到會客廳暫候如何？」

沈洛年還有點遲疑，狄純卻拉著沈洛年笑說：「去我房間等好不好？」

「那我會去小純房間通知。」李翰說：「洛年兄，若是有空，等會兒可否請教一點事？」

對了，這人一直想找自己，剛鬧了一個會麻煩人的大笑話，總不好意思又拒絕，沈洛年聳聳肩說：「好吧。」

「沈大哥。」杜勒斯忍不住湊了過去。

「咦？杜勒斯！」沈洛年剛剛沒注意到杜勒斯，看到他突然出現，意外之餘也有點高興，他四面一望，確定瓊不在周圍，這才低頭笑說：「你和小純在一起玩嗎？怎麼身上都是砂？」

「我們剛剛出去幫忙磨藤粉，才不是玩呢。」狄純抗議地說。

「喔？」沈洛年微微一笑。

「上去吧，換了衣服再聊。」狄純拉著沈洛年走。

「純姊。」杜勒斯忙說：「我換好衣服，可以去找妳和沈大哥嗎？」

狄純似乎無所謂，目光轉向沈洛年說：「洛年？」

「隨便。」沈洛年聳肩說。

「那我馬上過去。」杜勒斯說完，急急忙忙地往自己房間跑去。

沈洛年隨著狄純上樓，等她更衣後，被請入了她的房間。狄純笑咪咪地請沈洛年坐下，遞上茶水後，才站在一旁說：「洛年，宗長姊姊說你不想讓人打擾，我這兩天都不敢去找你。」

「嗯，是我要她這麼說的。」沈洛年說：「可以省點麻煩……不過妳偶爾過來沒關係。」

「眞的嗎？」狄純高興地露出笑容，想想又說：「杜勒斯可以去嗎？他也很佩服你呢。」

「你們現在好像常玩在一起。」沈洛年笑說：「有人告訴我，杜勒斯很喜歡妳？你們兩個小鬼在談戀愛嗎？」

狄純先是一怔，隨即有點羞急地嗔說：「是宗長姊姊要我照顧他的，他根本就還是小孩子，誰會跟他談什麼戀愛？是他總黏著我。」

「過幾年就長大了。」沈洛年本是開玩笑，便不多提，換過話題說：「妳沒戴著鏡子？」

「鏡子？」狄純一怔，隨即醒悟說：「洛年之鏡嗎？我不敢戰鬥，現在也沒什麼危險，所以還是還給黃齊大哥了，他們也要領軍參戰啊。」

只要自己沒事，城內確實應該沒人敢打狄純的主意。沈洛年點點頭說：「還給他們也好，不過那鏡子眞該改個名字……算了，最近瑋珊他們準備得還好嗎？」

「我也不很清楚。」狄純側著頭說：「只聽說城內變體者、引仙者都聚集起來，分成好幾個部隊，宗長姊姊選了好幾個有戰場經驗的人，派他們統軍，一心哥、瑪蓮姊他們也分配到各部隊去了，最近各隊正和新的將領練習操演，所以都很忙。」

「喔？」沈洛年有點意外地說：「不是讓一心他們率領部隊？」

狄純搖搖頭說：「宗長說我們不會統兵打仗，先出力就好，一面學。」

這也有道理，幾萬人大戰和數十、數百人鬥毆畢竟不大一樣，就算白宗首腦群慣於陣勢，那也只是少數人的戰法，眞正要統軍，還是找老經驗的軍人比較妥當，想了想，沈洛年說：「那我呢？瑋珊有沒有提過要我幹嘛？」

狄純聞言，忍不住抿嘴笑了笑才說：「我聽一心哥問過宗長喔。」

「怎樣？有什麼好笑。」沈洛年瞪眼。

狄純微笑說：「宗長姊姊說不要干涉你比較好，你想幫自己會幫，否則惹你生氣划不來。」

「我脾氣哪有這麼大。」沈洛年哼了一聲，望向門口方向說：「那小鬼站在外面不敲門，不知道搞什麼。」

狄純一怔，縱向門口拉開房門，門一開，卻見杜勒斯猛然跌了進來，看來剛剛正趴在門上，也不知是不是正偷聽。

「杜勒斯！你搞什麼啊？」狄純平常個性害羞、溫婉有禮，但在杜勒斯面前卻像個小姊姊一般頗有威勢，她板起小臉問：「幹嘛不敲門？」

「我……」杜勒斯紅著臉，結巴地說：「我怕……怕來太快，打……擾了你們。」

狄純頓足說：「你這小鬼胡說什麼？我以後不理你了。」

杜勒斯臉上發白，慌忙地說：「純姊對不起，我不是故意的，我是……我……以爲……」

狄純扠著腰說：「以爲什麼？男孩子說話乾脆點。」

杜勒斯結巴地說：「純姊……不是喜歡沈大哥嗎？我想你們幾天沒見，也許……該慢點再敲門。」

狄純臉微微一紅，皺眉嗔說：「你聽誰胡說的！」

「這個……」杜勒斯遲疑了幾秒，還是說：「是瑪蓮大姊和志文大哥。」

這倒不讓人意外，瑪蓮確實很愛開這種玩笑，張志文自然會配合著湊熱鬧，狄純雖然覺得尷尬，倒不至於因此生氣，她目光一轉，望著杜勒斯說：「他們幾位每天都在忙，爲什麼會跟你聊這個？」

杜勒斯臉突然紅了起來，結巴地說：「只是……剛好聊到。」

「眞的嗎？」狄純懷疑地問。

「當然是眞的。」杜勒斯忙說。

狄純雖然不大相信，卻也不想追問了，她輕哼一聲說：「人小鬼大！洛年是我的恩人，才不是那種關係。」

「是、是。」杜勒斯一面說，一面不自禁地透出了欣喜之氣。

看樣子這小小天才還眞的暗戀著狄純，沈洛年暗暗好笑，打圓場說：「小純別罵了，妳自己還不是小鬼？好意思說人家人小鬼大？」

「我比他大多了。」狄純回頭不依地嚷。

「好啦。」沈洛年招手說：「杜勒斯，月影團大家好嗎？」

「都好，除了我以外，大家都在部隊幫忙。」杜勒斯連忙走近，他面對著沈洛年，態度就自然了起來，正接口說：「我們都很記掛沈大哥，尤其是瓊，不過葉宗長說大哥這陣子要專心研究功夫，不便讓人拜望……對了，大哥您和蚪龍妖怪大戰的時候，我們都遠遠看著，替你加油，沈大哥果然贏了！實在太厲害了，當時我們都忍不住歡呼呢。」

提到這事沈洛年就氣悶，若不是把蚪龍趕跑，如今何必這麼緊張地備戰？不過趕跑蚪龍的畢竟是自己，也怪不得人……沈洛年目光轉回杜勒斯，說起談吐，這小子可比狄純還像大人，沈洛年點頭說：「我大部分時間確實都在修煉。」雖說其實是因爲一個人閒著也閒著，乾脆修煉，這部分倒不用老實說。

杜勒斯點點頭，突然露出笑容說：「對了，宗長已經幫基蒂煉鱗引仙了，可是我還要等幾年……」

「煉鱗？」沈洛年有點意外，既然不打算用肉體戰鬥，選千羽不是挺好嗎？飛在空中用魔法應該不錯。

「是文森特建議的。」杜勒斯說：「那是恢復力、生命力最強的一種引仙法，很適合用來鍛鍊魔力，不怕虛耗過度傷身。基蒂引仙之後，恢復能力增強很多，聽他們說，基蒂的魔力量進步很快呢……對了，我聽宗長說，魔法非常適合守城，若是能渡過這次劫難，以後要多找願意學習魔法的兒童培育。」

「哦？爲什麼？魔法和道武門的道咒之法不是差不多嗎？」沈洛年一直覺得魔法除了比較「活」之外，不如可以儲存能力在玄界的道咒之術，所以聽葉瑋珊居然讚揚魔法，有點意外。

杜勒斯不愧是小天才，早就已弄清了中間的區別，他有條不紊地說：「我聽宗長說，有兩個原因……首先，魔法的門檻是語言能力和魔力，語言可從小培養，魔力不足的人，也可以靠著引仙增強；但道咒之術的門檻卻是體質，聽宗長說，這可遇而不可求，尤其不適合男性。」

「有道理。」沈洛年點頭說：「第二點呢？」

「第二點就是守城。」杜勒斯說：「宗長說，魔力可以從遠方出力，中間虛耗的少，道咒之術主要的出力處還是在自己周圍，尤其是初學者，所以不便守城。」

對了，玄界之門似乎只能在施法者不遠處開啓，所以要攻擊遠方，中途會經過一定的力量消耗……這麼說來，魔法沒有這種限制？可以直接在遠處出力？這倒是挺恐怖的，很適合偷襲。

兩人說話的時候，狄純一直微笑站在旁邊傾聽，這時見兩人聊到一個段落，才插口說：「洛年，你剛怎麼知道杜勒斯在門外啊？他又沒有炁息。」其實就算是變體者，在這息壤磚搭建的建築物內，炁息一樣會散失，照理不該能感應到。

「他有魔法契約精靈隨身。」沈洛年說：「雖然不是很明顯，但這麼近我會感覺到。」

「咦！」杜勒斯吃驚地說：「沈大哥，你可以感覺得到別人的精靈？連瓊都不很確定那種感應呢，你和精靈已經能相互溝通意念了嗎？你常常冥思嗎？」

「唔，不是。」沈洛年搖頭說：「我是自己感覺到的。」

「這怎麼可能？精靈不在人間呢。」杜勒斯吃驚地說。

當初自己能感覺到跟隨著自己的精靈，也不是因爲冥思的關係，大概因爲道息浸體，使兩界界限比較模糊吧？沈洛年搖搖頭說：「別管這事了，我突然想到，有件事想問你。」

「什麼事？」杜勒斯問。

「但是你……要保證不能告訴其他人。」沈洛年板起臉說：「這是祕密。」
狄純和杜勒斯一怔，兩人對視一眼，杜勒斯有點興奮地點頭說：「當然，我一定保密。」
「洛年，我可以聽嗎？」狄純頓了頓，有點擔心地說：「還是要我避一下？」
「不用。」沈洛年搖搖頭，這才對杜勒斯說：「你會守護陣的咒語嗎？」
「學過。」杜勒斯說：「但我還唸不熟……啊，就是瓊教給大哥的咒語對吧？」
「洛年也學過魔法？」狄純意外地問。
「純姊不知道嗎？」杜勒斯說：「文森特和瓊都說，洛年的魔力比我們強大很多。」
「咦？」狄純詫異地看著沈洛年，張大嘴說：「你魔法也會？這也是祕密嗎？可不可以跟大家說？瑪蓮姊若是知道，一定會吃驚得跳起來。」
「這有什麼好說的？」沈洛年皺眉說：「其實我不會。」
狄純一愣說：「那杜勒斯說……」
「只是有魔力而已，魔法咒語我學不會。」沈洛年看了兩人一眼，決定不再繞圈子，對杜勒斯說：「我是想問你，能不能告訴我守護陣的咒語，我……忘了。」
「嗄？」兩人異口同聲地叫了出來。
「就忘了啊。」沈洛年皺眉說：「我怕瓊知道了不好解釋，你跟我說，我乾脆抄起來。」

「不能用文字啊！」杜勒斯猛搖頭說：「用習慣文字幫助記憶的話，會永遠唸不出正確音的，沈大哥應該把正確的音印在腦海裡面。」

「無所謂啦。」這些上次瓊就說過了，沈洛年說：「我只是怕遇到瓊被她考而已，有點不好意思告訴她我忘了。」

「這……」杜勒斯苦笑說：「雖然說咒語不能隨便外洩，不過沈大哥早就學過守護陣，告訴沈大哥當然沒關係，只是……我唸得還不標準啊，而且寫起來眞的沒用，沈大哥還是再問瓊一次，把咒語背起來吧？」

「背得起來的話，上次就背起來了。」沈洛年搖頭說：「你別管這麼多，我應付應付就好。」

「好吧……那……純姊……這個……」杜勒斯看了狄純一眼，有點爲難。

狄純一怔，隨即醒悟說：「我出去等你們。」

杜勒斯陪著狄純往外走，一面忙說：「純姊，不好意思，這是月影團的規定，妳……妳別生氣喔。」

狄純白了杜勒斯一眼，低聲說：「笨蛋，我哪會爲這種事生氣？你好好跟洛年說咒語，可別胡說。」

杜勒斯連忙說：「當然不會、當然不會。」

「這樣才乖。」狄純這才一笑說：「好了叫我。」跟著走出門外，掩上房門。

狄純本就漂亮，這一笑，更讓杜勒斯暈陶陶的，他望著房門發呆好片刻，直到沈洛年看不下去，忍不住說：「別看了！媽的，你這小子還眞早熟啊。」

杜勒斯一驚，轉回頭的時候整個臉都紅了起來，他尷尬地說：「沈大哥，我……我……這個……沒有啦……」

這小子明明是天才，怎麼在狄純面前就像個笨蛋？沈洛年搖頭笑說：「別說了，告訴我咒語吧，我拿紙筆記著，我還記得有分好幾種，起始咒、守護陣咒，還有幾個和強度有關的，那叫啥？」他一面從腰帶上的口袋掏摸，把之前留下來使用的紙筆取出。

「還有三個強度咒。」杜勒斯看著紙筆，搖頭說：「這樣眞的沒用喔，沈大哥。」

「我知道啦。」沈洛年瞪眼說：「快說！」

杜勒斯無可奈何，只好照著沈洛年的囑咐，把自己記得的說了一次。沈洛年一面聽，一面找音節相似的中文字彙標註，把那守護陣咒語寫在紙上，這才把紙收起，一面得意地說：「下次瓊要找我，就先拿出來唸熟。」

ISLAND
輕疾通訊網

杜勒斯聽沈洛年這麼說，只能苦笑搖頭說：「瓊知道一定會罵我的。」

「別告訴瓊！」沈洛年笑說：「讓小純進來吧？」

杜勒斯無可奈何，只好轉頭往門口走去，但門一打開，除了狄純之外，李翰卻也站在門外，杜勒斯一怔的同時，狄純微笑說：「你們忙完了嗎？」

「好了。」杜勒斯望向李翰說：「阿翰哥也來了？」

李翰點點頭，雙手捧著沈洛年的火浣布斜背包，走入房中微笑說：「洛年兄，房間準備好了，背包也找出來了。」

沈洛年站起，接過背包揹上說：「謝謝。」

狄純則對杜勒斯招手說：「杜勒斯出來，阿翰哥要和洛年談事情，我們在外面等。」

「好。」杜勒斯連忙走了出去。

狄純關門前，李翰說：「小純，房間借幾分鐘就好，謝謝了。」

「不客氣。」狄純甜甜一笑，掩上房門，和杜勒斯往廊道的方向走去。

這人似乎一直想找自己，卻不知到底想幹嘛？沈洛年看著李翰，想起當初剛認識那日，自己對李翰翻臉的往事；那時李翰還是個意氣風發的李宗少主模樣，怎料過了一年多，李宗煙消雲散，他在白宗的角色，似乎也是不上不下、可有可無，人生變化還眞是無常。

「洛年兄。」李翰沉思片刻，突然一笑說：「我突然想起，當初初識你與懷眞小姐的往事……那時我可是非常仰慕懷眞小姐。」

原來他和自己想到同一件事？沈洛年露出微笑，當時若不是因爲懷眞走出房間，說不定就這麼吵下去不可收拾，而那時懷眞道行還沒受損，李翰抵擋不住懷眞的喜慾之氣，自然是暈陶陶的什麼都好，想起來確實挺好笑。

兩人相對靜默片刻，李翰搖搖頭把往事拋開，臉色一正說：「首先，我要爲洛年兄趕走虯龍的事情，致上最高的敬意與謝意。」

「這……」沈洛年可不覺得這是好事，他嘆氣說：「我也只是爲了保命，不值得道謝。」

「不，也許很多人都對洛年兄道謝過，但對我來說，意義格外不同。」李翰說：「我早已知道，宗長雖然也抱持著拒絕虯龍的想法，但萬一虯龍太強硬，還是只能選擇妥協；但我卻不同，如果虯龍統治，我馬上就會號召有志之士，撤入宇定高原，伺機反攻，絕不讓妖族統治，雖然成功的機會渺茫，但這是我唯一的選擇……沒想到虯龍雖強，洛年兄以一敵三，依然能將之擊退，可以說是全城的大恩人。」

沈洛年等到李翰說完，沒什麼興趣地說：「過獎了……你不是有事要問？快問吧。」

「是，倒忘了洛年兄最近很忙。」李翰停了幾秒，終於開口說：「我希望洛年兄能爲人類想一想，指引我們一個方向。」

「啥？」沈洛年沒想到李翰冒出這種問題，張大嘴說不出話。

李翰說：「我知道洛年兄一直想離開歲安城，這次虯龍事故，恰好靠洛年兄解決了，未來若還有其他妖族來犯，那時洛年兄不在，我們該如何應對？何況上次來的虯龍，聽說只是虯龍族中比較年輕的幾隻……」

所以才說應該讓虯龍保護啊！沈洛年皺起眉頭說：「那麼再去找虯龍來好了？」

李翰一呆，隨即露出笑容說：「洛年兄別試探我了，你難道不知道白宗內，我最排斥妖怪嗎？我唯一的目標就是殺盡妖怪！」

差點忘了此事，沈洛年抓抓頭說：「妖怪有這麼討厭嗎？」

「無論有沒有靈智，妖怪幾乎都是凶橫、殘暴、不講理；台灣有幸，得到白宗和洛年兄的幫助，留存了二十多萬人，但其他地方無數殘存的人，卻大都在四二九大劫之後，死於妖怪之手……否則整個東南亞聚集到歲安城的人口，怎會不如台灣多？」李翰也不知是不是想到自己父親，嘆了一口氣才接著說：「爲了增強自己的能力，我在四二九大劫後，拜入白宗學習專修之法，半年多前，蒙宗長協助獵行引仙，之後還習得妖族修煉之法，但依然遠不如強大妖怪。不只是我，如今歲安城中的人類，除洛年兄之外，誰能抵擋強大如虯龍族般的妖怪？我不想與任何人類爭強鬥勝，但我卻希望終有一日能殺盡天下妖怪，如果能辦到此事，我願意拿自己的一切去換。」

這人可真是憎恨妖怪，不過他說的確實也有幾分道理……沈洛年想了想，搖頭說：「人類壽命有限，不管怎麼修煉，也打不過擁有悠長歲月的強大妖仙，想殺盡妖怪，真是不可能的事，如今已經有許多難以應付的妖仙，等數日內道息再漲，又會有更強大的妖仙出現，會到什麼樣的強度，當真是無法想像。」

「就算聯繫上闇屬玄靈，也不行嗎？」李翰說。

「闇靈之力嗎？這……」沈洛年不禁微微一怔，單純以強度來說，只要殺的人和妖夠多，闇靈之力的累積幾乎沒有上限，確實是唯一有可能的能力，不然也不會造成浩劫。

李翰見沈洛年一下答不出來，他雙目一亮，興奮地說：「果然如此！難怪當時就算面對三名虯龍族聯手攻擊，洛年兄仍不用闇靈之力。我聽小純提過，洛年兄使用闇靈之力，都是在危急的時候……那果然是異常強大的能力，連對付虯龍都用不上。」

這可誤會大了，自己那日若在虯龍面前使用，恐怕數日內全世界妖怪都要殺來了，當然不敢用！沈洛年苦笑說：「這功夫不能學的。」

「宗長曾幫我向懷真小姐詢問，有關闇屬玄靈的事情，懷真小姐當時指示，這必須向洛年兄請教才行。」李翰說：「不能學，是因為法器已經遺失了嗎？」

聽李翰這麼說，沈洛年吃驚問：「你怎麼知道學那個需要法器？」

「懷眞小姐對宗長提過。」李翰微笑說：「說洛年兄將法器扔了，所以沒法教人。」

懷眞幹嘛對葉瑋珊說這麼多？萬一傳到什麼妖怪耳朵裡面不就糟糕？沈洛年大皺眉頭，一面暗罵懷眞，一面搖頭說：「你既然知道，還問什麼？」

李翰正色說：「若我能尋獲法器，洛年兄可願收我為徒，傳授闇靈法門？」

倒忘了這件事，得去把那柄闊刃短劍找出來毀掉才行，人類已經剩下不多，若是再鬧起屍靈之亂，豈不是要死光了？若不愼讓旱魃、殭屍蔓延開來，那可不只是絕滅妖怪而已，大地上大部分生靈恐怕都會滅亡，這可不是什麼好事；不過上次去巡過一次，經過地震山崩之後，那片湖水已經潰失，劍更早已不知沖到哪兒去了，想找也沒這麼容易。

沈洛年搖搖頭哼了一聲說：「若是找到，也不用我傳授了。」

「不需人傳授？」李翰驚喜地說。

高興什麼？沈洛年皺眉說：「那眞的不是好功夫，千萬別去找，會死的。」

「洛年兄。」李翰苦笑說：「你不也學了那功夫嗎？」

沈洛年一怔，皺眉說：「我不一樣。」

李翰卻似乎不信沈洛年這話，他嘆口氣，搖搖頭說：「洛年兄，我保證學會之後，絕不會用這種能力和其他人爭強鬥狠，我的目標一直都只是妖怪……希望洛年兄相信我。」

要怎麼說才能讓他懂？沈洛年本就不善於解釋，頗想直接把李翰趕出去，但這次卻不能這麼做……若不解釋，萬一給他找到那把劍，豈不是未來的禍患？一開始能力不足，想製造殭屍、旱魃，自然從親近的人先下手比較容易，若李翰當眞成爲屍靈之王，白宗豈不是首先糟糕？

沈洛年當下耐著性子說：「你聽我說……闇靈和其他幾種玄靈咒法並不一樣，那是一種邪惡的力量，而且闇靈十分奸詐，當你拿到法器，找到和他溝通的辦法後，還沒搞清楚，就會被他灌入這種能力，到時連反悔的機會都沒有，就這樣變成……」

「變成什麼？」李翰問。

殭屍、旱魃之類的字眼還是別提，沈洛年頓了頓說：「就變得彷彿死人一般，上次救出小純，你不也看到我了嗎？那模樣不恐怖嗎？」

「洛年兄還是太年輕了。」李翰呵呵輕笑說：「外表美醜根本就不重要啊，重要的是能力。」

「呃。」自己已經盡力了，他不聽也沒辦法，沈洛年本就沒耐心，暗暗決定，這次大戰過後，得花時間先去把那把劍找出來再說，沈洛年當下說：「算了……隨你吧，反正沒法器，誰也學不會。」

「換句話說，只要拿到法器，就算沒人教，也可能可以自悟、找出和闇靈溝通的辦法？」李翰雙目發亮地說。

自己有說這麼清楚嗎？再說下去可不妙了，沈洛年搖頭說：「別問了，我不想聊這件事。」

李翰一怔，有點失望地說：「洛年兄……」

「等等。」沈洛年突然神色一緊，目光往窗外轉。

李翰立即提高警覺，向著四面掃視，卻什麼都沒感受到。他正想開口，卻聽沈洛年低聲說：「輕疾，找白宗葉瑋珊。」

李翰一怔說：「怎……？」卻見沈洛年對自己搖了搖手，示意自己安靜。

李翰一頭霧水，卻也只好閉上嘴，過了幾秒，只見沈洛年迅速地說：「瑋珊？道息要漲了！快準備……妳在哪兒？」

道息漲了？李翰一怔，見沈洛年停了幾秒之後接著說：「城南嗎？好，一會兒見。」

沈洛年和那端一停下聯繫，馬上轉頭對著李翰說：「快去準備吧，鑿齒隨時可能攻城，我和瑋珊約了先到城南看狀況。」

一般來說，應該要等體內妖炁漸增，才會知道道息漸濃，在這息壤城中，感應更難，但沈洛年本就頗多古怪，李翰雖然不知道沈洛年怎麼感應的，這時也不敢多問，他微微一禮，開了門往外急跑。

沈洛年自然跟著往外走，而走廊另外一端，狄純和杜勒斯正在那兒等候，兩人看到李翰匆忙奔離，沈洛年也跟著往外邁步，都有點訝異。狄純快步奔近，抓著沈洛年衣袖問：「洛年，怎麼了？」

沈洛年停下腳步，摸摸狄純的頭說：「道息漲了，可能要開始打仗，妳和杜勒斯要躲好。」

又要打仗？狄純小臉嚇得慘白同時，杜勒斯也剛奔近，一面說：「打仗？我可以幫忙。」

雖然說多一份力量總是好事，但杜勒斯畢竟才十二歲，沒必要的話，還是別讓他上戰場。沈洛年也拍拍杜勒斯肩膀說：「小純不敢打仗，你負責保護她。」

這件事果然更重要，杜勒斯馬上挺起胸膛說：「我一定會保護純姊！」

「我不用人保護。」狄純輕頓足說：「我現在……膽子有比較大一點了。」

「那妳保護杜勒斯吧。」沈洛年懶得多說，搖頭說：「我要去找瑋珊，你們兩個小鬼小心。」

「洛年？」「沈大哥！」兩人叫聲中，沈洛年身子一閃，迅即地飄出走廊末端的窗戶，往屋外飛去。

□

剛剛沈洛年和葉瑋珊已經約好在城南牆上碰面，鑿齒雖然從西方渡河而來，也許因歲安城城牆離河岸不遠，沒有騰挪空間，所以鑿齒大軍集結在城南偏西的叢林外。那兒過去本來是妖藤生長的地方，自從去年十一月道息大漲之後，妖藤已經攀上宇定高原，這地方由一群妖炁較強的植物組成森林，高大的樹幹繞著高原山腳，綿延數十公里。

沈洛年到城南時，葉瑋珊還沒抵達，這時天色剛暗，並未入黑，鑿齒部隊搭架的棚架雖一大部分隱藏於暗影中，仍隱約可辨，果然遠遠望去，鑿齒大軍似乎也傳出騷動，看來對方也漸漸感應到道息提升的效應。

城牆上巡防的隊伍，看到沈洛年突然出現，都是微微一驚，經過四日前與虯龍一戰，歲安城中誰沒聽過沈洛年的大名？就算沒見過，看那一身有特色的血色外袍，也不難辨認，幾個人你推我擠了片刻，終於有個年輕人有點害怕地走近說：「請問，是沈洛年先生嗎？」

沈洛年點點頭說：「有事？」

「沒什麼、沒什麼。」年輕人尷尬地說：「這兒不准閒雜人等上來，我們職責所在，所以來問問……」

「不能上來嗎？」沈洛年有點意外。

「那是說一般人，沈先生當然不一樣。」年輕人連忙搖手說：「不打擾您了。」一面急忙忙地退開。

過去那些人看到自己時透出的情緒總是畏懼加上憎惡，一方面是因爲自己在澳洲發橫的事蹟，另外當然也得力於過去總門的宣傳，不過如今這些人的表情，似乎有些改變，除了仍帶著點兒畏懼之外，憎惡的氣息卻似乎消失了，就因爲自己打退了虯龍嗎？民心還眞是多變化啊。

沈洛年正思索，葉瑋珊、賴一心、黃宗儒、吳配睿聯袂奔來，除了葉瑋珊，其他三人都提著武器，四人御炁躍上牆頭，賴一心開口說：「時間到了嗎？」

「看吧。」沈洛年往南方揚首說。

眾人目光轉去，果然看到鑿齒部隊的騷動正逐漸擴大，不少人正忙碌地奔跑著，有往前的，有往後的，頗爲忙碌雜亂，看樣子戰爭似乎眞的不遠。

「對方沒什麼規矩可言。」黃宗儒看著下面鑿齒蹦蹦跳跳地興奮亂跑，低聲說：「也許不難對付。」

「嗯。」葉瑋珊回頭望了望，見周圍部隊正快速往城牆後各據點分布，城牆後方一組組高台也推了過來，她看了片刻後說：「夏將軍似乎沒這麼快到。」

「夏將軍？那誰？」沈洛年問。

葉瑋珊微笑說：「一個五十多歲的長輩，叫作夏志成，本來是中將。」

沈洛年有點意外地說：「不是變體者？」

「不是。」葉瑋珊說：「上陣殺敵才需要轉仙者，統帥不用……我們把團長、營長、連長都先換成有領兵經驗的人，還好總門部隊這種人也不少，不過配合上只練習了幾日，還是有點擔心指揮上不順暢。」

「轉仙者」？大概是引仙者和變體者的統稱吧？可能從懷眞口中的「轉仙三法」變化而來，沈洛年也不追問，只說：「那怎麼指揮戰局？他們沒引炁，應該不能用輕疾吧？」

「五個軍團都派了人當通信兵。」葉瑋珊頓了頓說：「已經建立了好幾層不同的聯絡網，洛年要加入嗎？」

「什麼叫好幾層聯絡網？」沈洛年詫異地說。

「就是可以加入的各種通訊會議網。」葉瑋珊解釋：「總軍團會議包含副團長以上將領，各團中，副營長以上將領又集合成一個通訊網路，至於各連長、排長，也和自己下屬建立不同的通訊網……白宗另外有一個通訊網和夏將軍聯繫，準備支援各地，應付強敵，你有興趣的話，我幫你加入那個頻道。」

「這是輕疾本來就有的功能嗎？」沈洛年有點意外。

「對啊，多方通訊。」葉瑋珊微笑說：「你還沒聽完使用說明啊？」

一開始聽那開頭之後，就沒再聽過半次了，沈洛年聳聳肩說：「加入無所謂。」

「嗯。」葉瑋珊轉過身，低聲說了幾句，沈洛年耳中隨即傳來輕疾的聲音說：「白宗葉瑋珊邀請你隱身加入白宗通訊網，需要詳細情報嗎？」

「啥叫隱身？詳細情報又是啥？」沈洛年問。

「隱身就是對方查詢詳細情報的時候，得不到你的使用者資料。」輕疾說：「情報就是參與通訊網的名單。」

葉瑋珊還記得懷眞的交代？她可眞是小心翼翼，不過這樣也好。沈洛年點頭說：「明白了，加入。」

「你已進入白宗通訊網，暫時處於可接受、不發訊狀態，想發言或停止獲得訊息，都請事先告知。」輕疾說。

輕疾剛說完這句話，突然聽到耳中傳來瑪蓮的嚷嚷聲：「什麼叫隱身加入啊？是哪個傢伙？」

「阿姊，是洛年啦。」吳配睿笑聲也從耳中傳出，沈洛年轉頭看，卻見葉瑋珊也正抿嘴低笑，看樣子他們一直都在聊著。

「洛年幹嘛隱身加入？」瑪蓮還在嚷：「洛年我也要知道你的使用者名稱！」

「瑪蓮。」沈洛年還沒開口，奇雅聲音冒出來說：「別用這頻道聊天，浪費炁息。」

「只說幾句話還好啦。」瑪蓮說：「城西這兒五萬鑿齒沒什麼動靜，好無聊，宗長，城南那邊呢？」

「城南這邊近十萬鑿齒很忙，似乎正在準備……」葉瑋珊說：「其他地方呢？」

「城北只有兩萬鑿齒。」黃齊的聲音傳來。

「城東差不多。」張志文笑著說。

瑪蓮哼聲說：「笨蚊子，你再說『差不多』又會被將軍罵。」

「嘿嘿，說習慣了。」張志文笑說：「將軍又聽不到，無敵大一會兒轉述的時候記得幫我修正一下。」

「這可不行。」黃宗儒說：「將軍到了之後，我會把輕疾放在肩頭，讓他直接出聲，這樣比較方便。」

「嘖。」張志文說：「那得小心點了，那老頭平常還好，一演習起來脾氣就好差。」

「打仗又不是在開玩笑，當然得凶啊。」葉瑋珊好笑地說。

「夏將軍來了。」黃宗儒突然說：「說話小心點，我把輕疾放出來了。」

這話一說，眾人都安靜了，沈洛年轉過頭，果然見到一個不認識的軍裝長者，在幾個變體者護衛下，正快速地攀上後方不遠的一座高台，其中還有一個熟人，就是有一段時間沒見的文森特，也隨著爬上高台。

經過這段時間不斷地增建，城牆已經高有十公尺，那高台更比城牆高出數公尺，那長者站在台上，正對眾人招手，而文森特與沈洛年目光相會，相對點了點頭。

「過去吧。」葉瑋珊說：「其他變體者不適合接近城牆。」四人紛紛往後縱，跳到那高台上。

那將軍倒沒有想像中老，看來不過四十幾歲，理個小平頭，滿臉紅光，稍微矮胖了些，濃眉大眼，臉上頗嚴肅，似乎不大喜歡笑，想必正是那位夏志成將軍，他身上穿著件軍服款式的筆挺服裝，見到葉瑋珊，行了一個軍禮說：「葉會長。」

「將軍好。」葉瑋珊回禮說：「有勞了。」

會長？沈洛年在旁暗自納悶，想了片刻才想通，莫非是什麼「噩盡聯合會」的會長？那東西當真成立了，效率還挺快的。

「將軍。」葉瑋珊指著沈洛年說：「這位就是沈洛年，你們兩位還沒見過。」

夏志成目光轉向沈洛年，點點頭說：「久仰，沈……沈小兄弟。」

「將軍好。」沈洛年說。

「會長指示，沈先生……嗯，總之不要把你當成戰力安排。」夏志成肅容說：「如果你有什麼願意幫忙的，請主動提出，千萬別自己一個人逞強。」

不知道又說了自己什麼壞話？沈洛年瞄了葉瑋珊一眼，見她正避開自己目光，咬著唇忍笑，忍不住對她翻了翻白眼，這才說：「知道了。」

葉瑋珊這才收起笑容，望著賴一心和沈洛年說：「你們這次可不准又衝進敵陣胡鬧，尤其是一心。」

「上次狀況不同，不牽制刑天堡壘就要破了，這次不會的。」賴一心呵呵笑說。

沈洛年卻哼聲說：「上次是被一心害的，他不去冒險，我自己才不會去送死。」

事實上沈洛年也不敢隨便出手，一般鑿齒雖然比修煉過四訣的變體者稍弱，但戰場中也有刑天之類的強者，只要一個不小心被糾纏上，恐怕馬上有十幾支武器插到身體裡，上次和總門在地底大戰，也才幾十個人圍著自己，只不過有個高手高輝在其中，就使自己身受重傷、逼得用闇靈之力拚命，何況是現在這種場合？就算自己挑軟的吃，拚著頭痛專砍弱者，殺個幾百隻鑿齒之後，又靠著凱布利脫身，回來也得躺個幾小時，對整體戰局並沒有太大的意義。

隨著那端隊伍逐漸地列出，這兒準備的人馬也漸漸聚集，空中千羽隊伍四面飛行探索，因爲對方主要兵力集中在城南，所以這兒也是城內聚集最多兵力的地方，除城上拿槍的部隊之外，整片城牆後方立了一排高台，也排滿拿著長短槍的部隊。部隊後方，所謂的轉仙部隊正在台上引炁待命，萬一息壤磚的排斥效果不足，槍彈無法阻止對方侵入，就只能靠轉仙部隊應戰了。

兩邊都已經準備妥當，每個人都知道，等道息漲到最高點的那一刻，對方應該就會攻城，這一瞬間，兩方部隊都陷入了一種有點詭異和緊繃的壓力中，連一直活蹦亂跳的鑿齒們，都安靜了下來。

此時天色已黑，月亮剛從東方升起，雖然月光明澈，但爲便於視物，城頭上已點起整排火把，高台周圍也跟著燃起，在這片靜默之中，除了偶爾冒起的槍管上膛聲之外，就只剩下火把的燃燒嗶剝聲偶爾在周圍輕響。

突然間，城內、城外一陣古怪的聲息傳出，那彷彿呻吟又彷彿嘆息，卻是許多人不由自主地同時深吸了一口氣，跟著周圍隨之微微騷動起來。

夏志成一怔說：「怎麼了？」

這高台上，周圍每個人都繃起了神經，一下子說不出話，只有夏志成、沈洛年、文森特沒這種反應。看夏志成一臉迷惑，沈洛年這才說：「這一波道息很大，他們體內炁息正在同時調整，一下子有點難適應。」

「喔？」夏志成看著沈洛年說：「沈小兄弟沒這方面問題？」

「嗯，我沒炁息。」沈洛年感受著遠處的狀態，一面暗自沉吟……差不多就這樣了吧？這最後一波道息果然不小，若不是在這高原附近，周圍又都是息壤磚，不知會是如何，從這一剎那開始，強大妖怪回返人間的路途再無阻礙，這世界又會有什麼新的變化？

ISLAND

巨木衝城

「測試小組陳威南報告！」一個轉仙者肩上的輕疾突然大聲說。

夏志成目光一亮，對那轉仙者點了點頭，轉仙者馬上說：「將軍在這，請說。」

「牆附近已經能累積少量炁息，但以轉仙者測試，估計鑿齒應仍無法抵擋槍彈，御炁騰飛的高度也不足。」那聲音中帶著喜意。

「好。」夏志成露出一絲笑容，跟著說：「傳令下去，城頭部隊按原計畫禦敵。」

這時白宗等人也漸漸恢復正常，賴一心正笑說：「既然槍彈還是有用，應該問題不大，只有少數幾個強大妖怪衝入的話，我們還可以應付。」

眾人點頭的同時，突然城南那方，一大群數萬鑿齒連聲怪呼，似乎鬥志十分高昂。過了片刻，在一聲怪叫之下，大約三萬名左右的鑿齒，拿著矛、盾快速地向著城南奔近。

終於來了，沈洛年望著那大群鑿齒透出的殺伐之氣，不禁有點不舒服。雖然他對這些「惡氣」已經慢慢看習慣了，但一下子感受到這麼一大片瀰天漫地的不快氣息，還是難免不悅。

鑿齒越奔越近，城頭上拿著槍的人雖多，卻一點聲息也沒有，每個人都望著城下方，雖然有不少人看來有點興奮，但也不少人手腳還在微微顫抖，畢竟拿槍的大多都不是「轉仙者」，雖也有少數人過去曾有相關經驗，但更多都是普通人民，受訓根本不足，只是這時不出來作戰，城破也是大家完蛋，多一個人畢竟多一份力量，只要沒有什麼大問題，稍作訓練之後，幾乎都派上了戰場。

「還不行嗎？」吳配睿眼看鑿齒越奔越近，忍不住說。

「太遠妖炁未散，不只打不傷，又浪費子彈。」黃宗儒說。

吳配睿目光一轉說：「我去城頭看，可以嗎？」

黃宗儒微微一怔說：「小睿，那樣引入體內的炁息就減少了啊。」

「喔，我忘了。」吳配睿有點失望地說。

緊跟著，前方終於開火了，槍彈擊發的聲音本就不小，成千上萬把槍械同時發射，那種聲響當真是震耳欲聾，隨著一陣陣煙硝味從城牆那端四面飄散，沈洛年也忍不住想看看狀況，他不像吳配睿等人有炁息限制，當下直接用凱布利飄起，由上而下，在城牆上方往下望。

城牆外數公尺內，其實也鋪了息壤磚，在這高原附近，鑿齒的妖炁本就比正常少，到壓縮息壤磚旁更是大減，尤其到了城牆邊，體內妖炁就會以極高速度往外散，此時子彈射擊就算還打不穿他們的護體妖炁，但挨到子彈，那強大衝撞力仍可以稍微減緩鑿齒的衝勢，而就這麼阻上一阻，鑿齒體內妖炁就會逐漸散失，也就漸漸會被子彈所傷。

也有少數以盾牌避開子彈的鑿齒，他們奔近後趁機猛然高躍，御炁往空中飛騰，朝城頭直撲。

鑿齒雖不能長久飛行，但他們本就可以在空中御炁稍微飛轉，只不過在這息壤聚集之地，想一次躍上十公尺高的城牆，還是有點困難，有些騰上了七、八公尺，可用矛端借力往上，但這種縱躍特別高的，當然不免成爲集火的對象，加上體內妖炁也散得差不多，往往下一瞬間就被轟下城牆，還難免受傷。

就算運氣更好一點，兩次借力衝上，但躍上城頭後，妖炁大概也散得差不多了，這時四面都是持槍敵人，不死何待？只好再度往外跳了出去。

所以這群鑿齒衝鋒了一陣子，受傷的人雖多，卻沒幾個人能衝上城頭，不過道息大漲卻也並非沒有幫助，鑿齒攻城的同時，體內妖炁存留的時間也增長了，這次的衝鋒雖然受傷的人多，但大多鑿齒都只是皮肉之傷，只要妖炁散盡前後退個一段距離，又能補充妖炁再上。

又過了片刻，鑿齒群死的人雖然不算太多，卻流了不少血，而人類這方，則是耗掉了不少彈藥。沈洛年暗暗搖頭，這樣似乎不大妙，單是這幾分鐘就不知道打掉了多少子彈，鑿齒卻沒死多少人，若一直這樣下去，想靠著槍彈守城，恐怕是辦不到。

似乎指揮者也發現了這種狀況，突然號令傳下，城頭的槍隊一排排快速地往後撤。過不多久，城頭防守的人類部隊，居然消失一空。

這又是幹嘛？沈洛年回頭看了葉瑋珊那兒一眼，見他們似乎老神在在，並不緊張，沈洛年也就安下心來，繼續看戲。

鑿齒這可高興了，有人飛騰御炁，有人以矛攀牆，黑壓壓一大群往上擁，前鋒很快就爬上了城牆。

但鑿齒一攀上城牆，高台這面的槍手立即對著鑿齒開槍。鑿齒一面怪叫，一面紛紛往城內衝，但地面掩體之後，卻是剛剛才從城牆上撤下的槍隊，上下同時開槍，只不過短短幾秒鐘時間，牆上、牆下躺滿了鑿齒。

沈洛年看到這兒終於明白，道息大漲後，一般的息壤磚，只能讓鑿齒妖炁降低，想殺死並不容易，所以城外攔截，大多只是虛耗彈藥，只能讓鑿齒受傷。但整片用息壤磚蓋成的高大城牆，卻具有強力的排斥道息功能，鑿齒越過那十公尺高、五公尺厚的城牆之後，體內妖炁也散得差不多了，這時才遇上槍彈，可就一發發都射入體內，只不過一瞬間，已經躺下了近千人。

鑿齒的領隊見大事不妙，怪叫一聲，領隊往後撤，還沒爬上城牆的鑿齒大軍紛紛轉頭，而人類這面似乎不急著追擊，只眼睜睜地看著對方逃開，並沒有派出隊伍。

打贏了總是好事，部隊們正忍不住歡呼擁抱的同時，突然有人驚呼一聲，指著森林那端大叫，沈洛年目光也正往那兒轉去，見狀不由得微微一驚，卻見數十根十餘公尺長、半人高的大型巨木，正被一群群鑿齒從森林中扛了出來。

那是幹嘛？沈洛年回頭望向葉瑋珊等人，見眾人眉頭也都皺了起來，夏志成將軍正和葉瑋珊商量，跟著轉仙者戰鬥部隊紛紛往高台集合，沈洛年知道，這代表隨時可能派出轉仙部隊往外攻擊，看來他們似乎不想讓那巨木接近。

這麼說來……那大傢伙莫非是用來衝城牆的？沈洛年暗暗點頭，如今道息大漲，若這息壤城牆一垮，鑿齒得以長驅直入，單靠地面一層息壤磚的效果，對方體內還是會存留少數炁息，這麼一來，槍彈能造成的威脅度就不大了；而在城內面對妖怪直接肉搏，一般人肯定會死傷慘重，難怪鑿齒全都擠到城南森林這一面，原來是爲了準備這種大傢伙？這些巨木可得在城外毀掉才行。

而鑿齒那端，每條巨木旁，都正安排著隊伍，看樣子等他們準備妥當，就會推著這些巨木往城牆撞了，而剛剛那三萬鑿齒攻城，似乎只是想試探息壤磚城牆的效用而已。

沈洛年兩邊望了望，突然發現下方城牆上一些沒死透的鑿齒正在呻吟掙扎，似乎想往外逃，沈洛年心念一動，這可是戰爭！這時不吸更待何時？當下飄到城牆頂端，只要還有半口氣的就透入一股闇靈之力，將之化爲骨靈進補。

這次城牆上可躺下了不少鑿齒，當場死亡的人其實並不多，沈洛年這可忙翻了，正開心地到處製造白霧時，突然聽到耳中傳來瑪蓮的聲音：「喂，洛年！」

「啥？」沈洛年微微一呆轉頭，卻見瑪蓮等人也到了不同高台上，各自領著隊伍，正對自己揮手。

輕疾適時說：「你要開啟發訊入白宗通訊網的功能嗎？」

「好。」沈洛年一面說：「瑪蓮叫我幹嘛？」

「你在鑿齒死人堆裡面忙什麼啊？」瑪蓮好奇地問。

「我在找沒死透的宰了。」沈洛年一面繼續動作，一面說。

「嘖嘖，洛年在補刀，好狠。」張志文聲音也冒了出來。

「反正這些是妖怪，沒必要留下當俘虜，正該殺光，屍體剛好拿來提煉妖質。」李翰跟著出聲，他大表贊同地說：「洛年兄，要不要我領人去幫忙？」

「我來就好，我可以感應炁息，容易找活人，你們都有任務，聽命令行動吧。」沈洛年可不希望有別人來搶生意，有這麼多妖怪讓人心安理得地吸，可是難得的機會，他一面繼續動作，一面隨口說：「你們不是在其他城牆嗎，怎麼都來了？」

「夏將軍叫我們來的。」瑪蓮笑說。

夏志成身旁的葉瑋珊接口說：「鑿齒似乎沒什麼攻城的經驗，主力都集中在這兒，另外三面的隊伍看似只是用來防範我們逃跑，所以我們把主力隊伍調過來了。」

「喔？」沈洛年說：「那大木頭似乎要用來戳城牆的？」

「可能是。」黃宗儒說：「我們得出城防守，把那些巨木破壞。」

「這樣不是很危險嗎？」沈洛年說。

「在城牆附近戰鬥，我們隨時可以撤退和調度兵力，已經有優勢。」葉瑋珊說：「對方若是一直在外圍圍著，我們總不能四十萬人一直不出城，還是得出城清剿，那時候更危險。」

「最好快點來。」瑪蓮說：「打退了鑿齒，我想住城外……最好是住到河對岸去，其實應該在那兒建立據點城堡，在那兒轉仙部隊能應付更多鑿齒吧？」

「但刑天也能應付更多人類。」奇雅說。

瑪蓮一怔的同時，葉瑋珊點頭接口說：「確實，去年十月底，總門據點就是被刑天攻破的，這才一路撤回歲安城，當初對方不願渡過攔妖河，歲安城才能保全，如今經歷了兩次道息大漲，刑天不只已經過河，應該還會發揮一定的戰力，我們等會兒遇上也得小心。」

「上次那種大隻的刑天會來嗎？」吳配睿餘悸猶存地說：「我們大家都分開了耶，這樣萬一遇上打不過吧？」

「來了應該也不能完全發揮戰力。」賴一心說：「道息濃度越低，強弱間差異越少，所以先盡量率隊在城牆附近戰鬥，有把握再往外移動。」

「對方整隊了，現在開始別用輕疾聊天，大家補足炁息。」葉瑋珊說。

沈洛年這時也搜得差不多了，聽到葉瑋珊這麼說，他飄上只有鑿齒屍體的城牆上往外看，果然看到鑿齒分成數十小隊，本來放在地上的巨木，也被數十名鑿齒分左右扛上肩頭，外圍則有近千名鑿齒分別護衛，在某個刑天一聲長嘯下，鑿齒們跟著大聲呼嘯，同時朝歲安城奔來。

隨著鑿齒的叫聲越來越近，他們猙獰的面目越加清晰，那些巨木又粗又大，若這麼衝上來可不得了。沈洛年正緊張，卻見高台上的人們動也不動，不知道爲什麼，本來撤下城牆的槍隊，又帶著一綑綑繩索奔了上來，趴在城牆上，而這次上城牆的人數比之前少了些，手上拿的槍枝似乎也比較特殊。

這種狀況下，槍的用途不是不大嗎？沈洛年對槍沒有研究，雖然不解，但仍飄退了些，不在城牆上礙事，只見鑿齒越奔越近，終於到了城牆之下，在鑿齒同聲大喝中，各隊肩上巨木紛紛脫手飛射，快速向著城牆摔去。

霎時一連串巨響在城牆各處響起，巨木帶著強大的衝力飛撞城牆，被撞擊的息壤牆石紛紛崩碎，跟著鑿齒群往前擁，要將巨木搬回，重新再衝。

就在這一瞬間，城中一聲砲響，數千轉仙部隊同時從十餘公尺高的高台上往外飛騰，由高處越過城牆，直落到城牆外，正和衝來的鑿齒大軍對上，這下鑿齒也沒時間重新撿拾巨木衝牆，兩方馬上殺了起來。

一般修煉過四訣的轉仙者，已經比普通鑿齒略強，更別提懂得運炁之法的轉仙者，但正如剛剛賴一心所言，道息濃度越低之處，強度差別越少，息壤城牆周圍道息極少，轉仙者佔的優勢並沒有過去明顯，而鑿齒雖然稍弱，卻佔了人數的優勢，兩方打起來，人類也佔不到便宜，唯一的例外，應該就是戴著洛年之鏡的白宗等人，他們拿的又是精體武器，威力極大，如虎入羊群一般，所向披靡，大幅提高人類部隊士氣。

兩方交戰片刻，正互有傷亡，沈洛年反正無事，心念一轉，飄下城牆，在人群中轉來繞去，得到機會就以闇靈之力抓死鑿齒，反正這時兵荒馬亂，諒對方也不會留意到。

相對的，鑿齒那方，也有部分刑天或特殊的將領級鑿齒，在戰場中屠戮著人類部隊，很快地，率領部隊的強者很自然會在戰場中互相吸引、碰頭，賴一心等人各自都遇上了對手。

因爲葉瑋珊、黃宗儒並未出戰，這時吳配睿、賴一心組成一組，同在一個隊伍之中，正和兩隻刑天交戰。在這種特殊地方，戴著洛年之鏡的賴一心、吳配睿，個人戰力已不下於刑天，兩人聯手的情況下，賴一心黑矛飛轉，以巧勁小心接下兩隻刑天大部分的攻擊，吳配睿則左右穿插，偶爾衝上揮刀，配合上賴一心倏然而出的矛刺，打得刑天不斷後退。

另一面，奇雅、瑪蓮也遇上了兩隻刑天，瑪蓮不信邪，硬打硬砸地和兩隻刑天正面拚搏，不過以一敵二畢竟吃虧，兩方刀斧連續相擊之下，瑪蓮被打得直往城牆退，若非她是煉鱗引仙，恐怕已支持不住。

不過奇雅也沒閒著，她判斷自己不適合攻擊刑天，眼看瑪蓮還能應付片刻，她索性把目標放在追隨刑天的鑿齒部隊。奇雅在一小群煉鱗部隊保護下，迎向鑿齒部隊，將範圍型的凍靈技能往前方整片布了出去，從地上往上倏然透出，這累積在玄界的力量，不受道息不足的影響，鑿齒一個個雙足凍傷倒地亂滾，無法還手，也因此，這附近戰況很快就傾向人類，其他的轉仙部隊得空，紛紛衝上去協助瑪蓮對抗刑天；那兩名刑天眼看周圍幾十把刀劍擁來，不敢纏戰，斧頭亂揮，殺傷數人之後，率著殘兵往外撤。

另一個能在戰場上使用範圍攻擊的就是白玄藍了，他們那兒倒沒遇上刑天，不過戰場變化速度太快，她沒掌握到以道咒之術攻擊鑿齒部隊的時機，兩方大軍已混在一起，白玄藍索性將爆訣炁彈揉和了炎靈之力往鑿齒堆扔，到處亂炸，威力卻也不小，而黃齊自然牢牢護衛著她，不敢擅離，這端也是很快就將鑿齒部隊迫退。

不過張志文和侯添良那一隊卻有點混亂了，他們並沒遇上刑天，卻遇到了三、四個不弱的鑿齒將領，張志文騰空高飛，找機會偷襲，於是幾名將領便同時追打著侯添良，侯添良雙拳難敵四手，只好靠著速度到處繞竄，一面繼續殺敵。而對方將領卻也不笨，一面防禦張志文的偷襲，一面也跟著猛砍人類，兩方部隊都頗有損失，一下子陷入膠著。

但千軍萬馬的戰爭中，少數幾個人的勝負影響不了大局，鑿齒也不只這幾隊，刑天也不只這些人，戰鬥的過程中，仍有不少巨木被鑿齒們搶了回去，再度舉起來衝城，隨著一聲聲轟然亂響，城牆上幾個破洞越裂越大，鑿齒當然也更是有勁，對準著相同的地方攻，但人類也不是傻瓜，自然會將兵力集中防禦，迫使鑿齒另找地方，這麼打了十餘分鐘，城上多了好幾十個大小孔洞，不過整體而言，暫時仍是人類佔優勢，不少巨木都陷入了人類的陣地中，失了功效。

就在鑿齒逐漸敗退的同時，南方又是一聲長嘯，這一瞬間，又有數萬鑿齒再度狂嘯擁來，而之前的鑿齒部隊紛紛往後撤，兩方隊伍一陣交戰後，城中又是一聲砲響，另一批轉仙部隊又從空中殺出，衝上抵住鑿齒的攻勢，而之前的隊伍這才尋機紛紛後撤，有的從城門退回，有的藉城頭垂下的繩索攀上，回城略做休養與引炁。

不過別人可以休息，白宗的人卻不能休息太久，除了他們之外，幾乎沒什麼人可以抵禦刑天，而且隨著鑿齒第二批生力軍加入，隊伍中的刑天更多，所以賴一心等人回炁之後又先後投入戰局。

至於沈洛年，他可不想自找麻煩，除了偶爾留意一下白宗個人狀態外，主要都在找一般鑿齒晦氣，畢竟城根這兒，鑿齒炁息不足，速度和力量比正常狀況下慢了不少，沈洛年連時間能力都不大需要開啓，就這麼在人群中亂轉，一手一個，注入闇靈之力，把對方化成乾屍，而敵方將領若是找來，或敵軍數量突然增加，他就展開分身之法高速飛竄，繞過一排排人群，溜到別的地方，反正他也沒帶領部隊，想到哪兒就到哪兒，反而挺自在的。

畢竟在這種環境下，連三隻虯龍圍攻都沒法奈何得了沈洛年，一般鑿齒、刑天又怎辦得到？不過兩方拚鬥了一個多小時，沈洛年雖然輕鬆地殺了數百鑿齒，但以總數十幾萬的鑿齒來說，也不過是九牛一毛，對戰情並沒有什麼直接影響。

沈洛年殺著殺著，偶爾轉眼一望，見著城牆上的凹陷破口越來越多、越來越大，他漸漸覺得不對，這樣下去自己固然可以吸收不少闇靈之力，但若城破了可統統白費。沈洛年心念一轉，不再針對小兵，他飄起四面一望，恰見不遠處，一隻刑天正追著奇雅亂轉，瑪蓮則被另外兩隻纏上，雖然周圍都有部隊支援，但兩方都有點危險。

奇雅那兒還好，她藉著項鍊幫助，本身速度不慢，偶爾發出凝結寒氣的鞭狀炁勁揮打，又能逼妖炁不足的刑天閃避，反而是瑪蓮有些支持不住，漸漸退到城牆不遠處。

城牆附近，兩方體內炁息降得更低，差距更小，瑪蓮雖然仙化狀態被迫退散，但反而漸漸能抵禦得住，同時城牆上方的槍手，也正對著刑天連續開槍，想逼他後撤，原來這次上牆的大多是狙擊手，拿著的都是備有瞄準器的狙擊槍，他們的責任就是針對城牆附近的敵人攻擊，就算不能造成嚴重傷害，對消耗對方妖炁與注意力，依然頗有幫助。

不過刑天雖已接近了城牆，炁息散光還要一段時間，一時槍彈也打不透刑天，兩方正糾纏間，沈洛年無聲無息穿過人群，摸到了其中一隻刑天身後，悄悄探掌抓去，送入闇靈之力。

這刑天化爲骨靈，轟然倒地的瞬間，另一隻刑天察覺不對，急忙扭身揮斧，對著沈洛年攻擊，對方此時妖炁大減，沈洛年倏然後退、隨勢急繞，一瞬間飄到刑天身後，這時對方有備，已不便使用闇靈之力，他拔出金犀匕，準備等刑天動作稍緩，就要對著他背心戳刺。

眼睛長在胸口的刑天沒有腦袋，只能轉身查看，但他繞了半圈，發現只聽到風聲卻總看不到人，立知不妙，他旋身間斧盾亂揮，怪叫著往外急奔，另一名追逐奇雅的刑天一怔回頭，連忙奔來支援。沈洛年閃了幾下斧頭，正考慮要不要利用變重的手段隔開斧頭殺入，卻見周圍鑿齒正向著自己聚集，他可也不敢陷入敵陣，只好放過了那兩名刑天。

「洛年，謝了！」瑪蓮奔離城牆，一面仙化引炁一面罵：「氣死了，居然一次來兩隻！」

奇雅這時正迅速飄來，她上下看了看瑪蓮，這才說：「沒事吧？」

「沒事，多虧洛年。」瑪蓮憤憤一揮刀說：「晚點再聊，先殺妖怪！」說完一轉身又領兵殺了出去。

奇雅對沈洛年微微點頭，轉身追著瑪蓮去了。

沈洛年身形再度飄起，四面張望，又發現一段距離外，轉仙部隊群正在潰散，那兒竟有四、五隊鑿齒正分別舉著巨木往同一個地方輪流摔撞，好幾群人類部隊都往那兒衝，卻都被擋在外面，無法接近。

沈洛年飛空飄近，卻見下方站了三名刑天，領著一大群鑿齒仰頭等著自己，一時也不敢貿然下去。

不過才這麼遲疑了片刻，巨木又向著同一個地方輪番撞擊了幾趟，厚達數公尺的城牆，已崩入近半，眼看再撞下去不得了了，兩側人類部隊也正死命地往內殺，不過既然這邊會出現缺口，代表著具有較高戰力的幾個部隊都在遠處，白宗在附近的只有張志文、侯添良那一組，那兩人殺鑿齒倒不慢，卻都不善衝陣，雖然率領著部隊在外側纏鬥，一時卻殺不入鑿齒大軍中。

至於另外一面更不用提了，是由總門星部的宿衛高手所領軍，少了個洛年之鏡，戰力大不相同，只能遠遠被擋在外面。

沈洛年看了片刻，忍不住用輕疾說：「喂喂！有人在嗎？這兒可不大妙啊。」

張志文猛然一躍，騰空展翅，一樣用白宗通訊網喊：「我們這兒有點糟，誰能來幫忙？」

「臭蚊子，我和奇雅馬上趕去。」瑪蓮喊。

「阿姊妳們太遠了。」張志文叫。

「我過去！」賴一心喊。

「一心你那兒更遠，而且偏西面只有你那支部隊比較穩，別離開那兒，」城內的黃宗儒出聲說：「我已經率隊過去了，馬上就跳出去。」果然黃宗儒率領的部隊已經在牆內高台上集合，正在引炁。

「這兒擠了上萬鑿齒，裡面還有三隻刑天。」張志文喊：「別直接往下跳，跳到外側。」

「這……」黃宗儒本就善守不善攻，若從外側殺入，未必比張志文那隊快，但若貼牆下滑，那自己體內炁息可就先散光了，這該怎辦？

這一瞬間，那凹陷最嚴重的城牆表面，突然泛出一大片淡淡的藍色光華，在數公尺外籠罩著，這時恰有一組鑿齒扛著巨木往上扔，接觸的一瞬間，藍光突然大漲，一股巨力爆出，將巨木逼得往外翻滾，一下子壓倒了好幾個鑿齒。

鑿齒還沒弄清楚，第二根巨木又往那兒衝，卻一樣被巨力震翻，鑿齒們一陣混亂，似乎不知道該不該繼續攻擊。

「那啥？」張志文吃了一驚，偷瞄沈洛年說：「洛年又開外掛？」

「不是我！」沈洛年頓了頓說：「藍光……是文森特？」

「對。」黃宗儒說：「是文森特先生的魔法守護陣，只能支持一小段時間，趁著鑿齒迷惑，我馬上出城。」

在空中飄飛的沈洛年，這時突然一拍自己腦袋說：「怎麼忘了！宗儒別來，我來。」

「什麼？」黃宗儒一呆。

葉瑋珊聲音傳出說：「洛年？你一個人別冒險。」

「我有辦法，通知隊伍別進入霧中！」沈洛年話還沒說完，左手探入腰包中，取出牛族皇子姜普送的牛精旗，迎風一展，帶著大片滾滾白霧，朝下方殺了進去。

卻是沈洛年這時才突然想起，自己身上可帶著這應付群毆的好東西，若兩軍混在一起，或者敵方足以鼓出炁息迫散白霧，牛精旗自然不便使用，但此時恰好下面全是敵人，加上就在城牆附近，刑天、鑿齒個個妖炁不足，誰也逼不開霧。隨著沈洛年撲下，他閃過了一開始幾個襲擊之後，濃霧很快地四面滾散，此時又是黑夜，幾秒過後百步內伸手不見五指，鑿齒部隊忍不住驚呼怪叫，紛紛往霧外逃竄。

「霧？怎麼回事？」城內高台上的葉瑋珊，這時也看到白霧了，詫異地問。

「洛年會放霧！這霧有毒嗎？」張志文在空中對下方士兵怪叫：「大家快逃。」

「沒毒啦，但還是叫他們退開。」沈洛年正忙著殺鑿齒，快速地說：「別留在霧裡礙著我殺人。」

沈洛年一面砍，一面想，自從拿了這東西以後，一直忘了泡水補充……姜普交代過裡面蘊含水分有限，卻不知道還能使用多久？若過一會兒就用光，那可好笑了。沈洛年這時不敢慢慢用闇靈之力殺，當下右手金犀匕狂揮，到處追著鑿齒砍。

沈洛年的妖炁感應能力雖不夠遠，但近處的細微觀察能力卻是世間少見，就算在霧中，他仍能清楚感受到周圍所有敵人妖炁的分布狀態，從而知道對方的姿勢和要害，而他自己體無炁息，凱布利也收了起來，正是明眼人打瞎子，在他高速掠動中，鑿齒只能一個個倒下。

鑿齒、刑天雖然不知該怎麼應付，但逃開總沒錯，那幾名刑天聽霧中不斷傳出鑿齒慘呼，當下一聲呼嘯，領著部隊往霧外撤。

但想往外撤也不是這麼容易，霧中不辨方向，稍微一個碰撞，可能就失了方位，不少運氣差的鑿齒只能在裡面亂轉，等著被沈洛年一個個宰殺。

沈洛年反正不用看也知道敵人在哪兒，當下一面殺，一面揚著牛精旗往外追，而沈洛年剛剛的囑咐，從上而下，順著指揮系統傳入全軍，不只鑿齒往外散，連人類部隊也不敢進入白霧，只不過幾十秒工夫，受創最重的這片城牆外圍，清空了好大一片。

反正這是戰爭，不是你死就是我活，沈洛年毫不客氣，一路追殺，鑿齒跑得沒有沈洛年快，一個個被砍翻，只見那團雲霧不斷往外滾，而被霧氣吞噬過的地方，整片鑿齒屍體往外排了出去，至於刑天，因爲跑得比鑿齒快上不少，倒沒砍到半個。

沈洛年正殺得過癮，突然一陣妖炁從正前方捲來，雲霧倏然四散，沈洛年微微一怔，卻見數十公尺外，一隻巨型刑天巨斧急揮，好幾道強大妖炁帶起狂風四面飛射，捲著大片雲霧往外散；沈洛年一怔回頭，這才發現已離開城牆百餘公尺，到了這兒，息壤城牆的效果已完全消失，對方體內妖炁和剛剛的狀態大不相同，難怪有人能驅散雲霧。

這是上次那隻嗎？沈洛年望著那巨型刑天，見對方望著自己的眼神，透出一股氣怒的神態，也不大確定是不是老相識，而且巨型刑天可以改變體型，從外貌也不大能分辨得出來……

沈洛年還沒想清楚，那邊卻不客氣了，他周圍雲霧一散，身形看得清楚，不等那巨型刑天下令，剛剛逃命的刑天和鑿齒一面引炁入體，一面紛紛往回殺，沈洛年不吃眼前虧，當下一收牛精旗，以凱布利騰空而起，往城內溜了回去。

同一瞬間，那刑天腹中巨口大張，一個有如金屬撞擊的刺耳異嘯聲遠遠傳出，攻城的數萬鑿齒大軍，當下帶著傷患後撤，連那些巨木也不要了，就這麼退回鑿齒營地。

似乎是不打了？沈洛年四面望了望，見月亮還沒升到中天，但整片南面城牆，卻已經崩碎了不少地方，尤其剛剛最後拚搏那處，除了有一個五公尺寬、兩公尺深的巨大凹陷外，周圍更有無數崩碎的裂痕，若再讓那些巨木撞下去，恐怕支持不住。

至於人類部隊，大部分也往城內退，另外還派了幾組隊伍出城，有的開始修補城牆，有的一面救死扶傷，一面尋找沒斷氣的鑿齒下手。沈洛年發現此事，連忙飄去，叫那些部隊專心救人，自己則藉著妖炁探測功能，繼續幫闇靈之力進補。

不過因爲鑿齒撤退帶走了大部分的傷患，留下的多是屍體，還活著的其實不多，沈洛年到處轉了轉，只找到十幾個還有一絲妖炁的，收穫還不比之前城牆上來得多。

沈洛年正覺可惜，突然耳中傳來葉瑋珊的聲音說：「洛年呢？沒出事吧？」

「沒事。」沈洛年說：「我在城外。」

「大概又在補刀了。」張志文笑說：「千羽部隊有人說洛年在城外翻鑿齒屍體。」

「呃……」還眞被說中了，沈洛年往城內飄，一面說：「瑋珊忙不忙？我有事找妳。」

「我還在夏將軍這。」葉瑋珊說：「正檢討分組統軍的事，根據剛剛的戰況，需要重新編排一下……你過來方便嗎？」

「嗯。」沈洛年飄向那指揮高台，見除了夏志成、白宗等人之外，還有呂緣海、賀武、牛亮等十幾個總門的高手，張士科等共聯領袖也在，眾人正議論紛紛，似乎在討論著什麼。

不過葉瑋珊卻只站在一旁，並沒參與討論，沈洛年飄到她身旁落下，低聲說：「現在在幹嘛？」

葉瑋珊轉頭說：「戰場上，其他部隊太容易崩散，部隊都跟著我們白宗跑，指揮系統整個破壞掉了，正在研究怎麼解決。」

「呃。」沈洛年一愣，想想這也難怪，戴著洛年之鏡的白宗人，不只鑿齒不是對手，連刑天都足以抗衡，在戰場上，想活下去當然得追隨這種人，而其他部隊沒人打得過刑天，也難怪容易崩散。

「夏將軍想把之前的隊伍打散重新分組。」葉瑋珊接著說：「不過志文、添良那一隊，似乎有點欠缺破壞力，一心正和他們討論該怎麼處理。」

「妳怎麼不去討論？」沈洛年說。

「交給一心就可以了。」葉瑋珊微笑說：「而且你不是有事找我嗎？什麼事？」

「我想拿這東西給妳。」沈洛年從腰包取出裝著金烏珠的盒子，一面囑咐：「別急著打開。」

葉瑋珊接過那恰能置於掌心的黑色精緻小方盒，單手輕捧著，詫異地說：「這是什麼？」

沈洛年看葉瑋珊拿著盒子端詳的模樣，腦海中浮出常在電視上看到的場面，心血來潮地說：「求婚戒指。」

葉瑋珊一怔，這瞬間透出一股帶著羞意的惶然，吶吶地說不出話。沈洛年見狀，忍不住好笑說：「開玩笑的啦。」

這人什麼時候開始會開玩笑的？葉瑋珊臉龐微紅，咬唇輕頓足說：「到底是什麼？」

「金烏珠。」沈洛年說：「可以灌入炁息，灌滿之後，據說打開時彷彿太陽出現，可以讓敵人失明數秒……在這兒附近應該對大多數妖怪有用，只不過不知道什麼時候適合用。」

葉瑋珊詫異地說：「這麼亮嗎？範圍有多大？」

「我沒試過。」沈洛年說：「我怕戰場上一放，自己人眼睛也一起瞎了，所以想交給妳研究。」

「嗯……要先了解效果才行。」葉瑋珊沉吟說：「我一會兒到地下室測試看看。」

「自己眼睛小心。」沈洛年說。

「知道。」葉瑋珊對沈洛年微微一笑說：「你剛放霧的又是什麼法寶？類似的嗎？」

「不一樣，那是牛精旗。」沈洛年說：「那不會傷到自己人，挺適合我用，就不給妳了。」說到這兒，沈洛年暗暗提醒自己，可別忘了去補水分。

葉瑋珊翻看了看金烏珠的外盒，目光又轉向賴一心那端，見眾人似乎正在爭論，她有點意外地說：「好像挺難安排的？」

沈洛年跟著望過去，想了想低聲說：「把宗儒調進去，把志文換掉呢？他千羽引仙，似乎不很適合打仗。」

「萬一我也需要領軍出戰，預計是讓宗儒和我領一隊。」葉瑋珊低聲說：「留下志文的話，保護不了我。」

這倒也是，沈洛年想了想剛剛戰場所見，開口說：「把瑪蓮和添良互換不就得了？」

葉瑋珊一怔，噗嗤一聲笑了出來，低嗔說：「別胡鬧了，想幫他們牽紅線也要看事情，現在又不是出去玩。」

「我說眞的。」沈洛年說：「瑪蓮和奇雅跟妳與小睿不同，就算沒人配合似乎都還可以獨當一面……讓志文、添良輔助剛好。」

葉瑋珊微微一怔，認眞一想，這才發現沈洛年這話確實有點道理，瑪蓮選了煉鱗之後，爆發力雖遜於吳配睿，持續力和恢復力卻大幅提升，就算遇到強敵也勉可應付，而奇雅靠著懷眞借的項鍊，就像個可以高速移位的活動砲台，也不大需要保護……

葉瑋珊正思考，那端瑪蓮突然板起臉大聲叫：「笨蛋一心，你再開玩笑我要生氣了！我才不要和臭蚊子搭配。」

葉瑋珊一怔，莫非賴一心想法和沈洛年一樣，他們正爲此事爭論？葉瑋珊和沈洛年對望一眼，向那兒走近。

ISLAND
仰慕的味道

「沒開玩笑啊。」賴一心抓頭說：「妳聽我解釋。」

「不聽！不聽！」瑪蓮叫：「每次都說聽你解釋，然後不知不覺就被你騙了！叫我和蚊子一起，這算什麼嘛！」

賴一心正說不出話，張志文在一旁嘟嘴嘟囔說：「阿姊反應別這麼大啊，眞不給面子。」

「你別吵！」瑪蓮瞪了張志文一眼。

「瑪蓮。」葉瑋珊輕聲說：「一心不是開玩笑，洛年也這麼建議。」

「嗄？」瑪蓮瞪著沈洛年說：「洛年你也來胡鬧？」

「不然……」沈洛年一轉念說：「妳和添良一組，奇雅和志文，這樣就沒問題了吧？」

「啥？」瑪蓮一愣說：「這又是啥意思？」

葉瑋珊這才接口說：「因爲妳和奇雅都足以獨立作戰，但是添良和志文兩人比較適合輔助……所以才想拆開妳們；他們兩人一組時，有些狀況不好應付。」

看瑪蓮說不出話，賴一心忙說：「我也是這個意思，但是關於志文和添良，我其實覺得添良比較適合奇雅，志文比較適合瑪蓮，如果妳們一定不願意的話，照洛年建議也是可行，不過……還是不大理想。」

瑪蓮這才知道賴一心不是開玩笑，她嘟起嘴，抱著奇雅的手臂說：「可是我不想和奇雅分開。」

眾人跟著望向奇雅，奇雅目光掃過眾人，又看了看瑪蓮，思忖了片刻才說：「我也不想和瑪蓮分開。」

瑪蓮一喜，正想開口，卻聽奇雅接著說：「但眼前的狀況來說，確實分開比較好。」

「奇雅——」瑪蓮低聲喊。

「現在在打仗，別鬧脾氣。」奇雅拍拍瑪蓮的手，轉頭對賴一心說：「爲什麼洛年的說法不理想？」

賴一心解釋：「以添良和志文的特色來比較，添良地面的高速移位，應該能有效、持續地幫妳吸引強敵注意力……至於志文的飛行攻擊，是一次次的突襲，並沒有連續性，對奇雅幫助不大，反而適合和擁有持續攻擊力的瑪蓮配合。換種方式說，若奇雅和志文搭配，兩人都沒法有效牽制強敵，隊伍容易被衝散，但和添良搭配，雖然一樣不能正面抵擋對方攻擊，但只要對方攻擊其一，另一人馬上可以持續出手，有效協助牽制；而另一面，當瑪蓮吸引、抵擋住敵人的時候，志文聚集全力的突襲式攻擊，會成爲突破僵局的關鍵。」

奇雅聽罷，緩緩點頭說：「有道理。」

「若遇到兩、三個強敵呢？」瑪蓮哼哼地說：「還不是沒用？」

「若配合得當，一樣可以面對多數敵人的。」賴一心說：「新組合的默契當然不如過去的搭檔，還需要慢慢培養，我也是第一次和小睿配合啊。」

吳配睿嘻嘻笑說：「一心哥和誰都可以配合得很好啦，只是有點對不起宗長。」

「對不起什麼？」葉瑋珊輕啐說：「怎不說一心對不起宗儒？」

「沒關係，我答應了睡前會去安慰無敵大。」吳配睿笑說：「一心哥可以學我。」

怎麼個安慰法？葉瑋珊臉一紅，忍不住偷瞧了賴一心一眼，賴一心卻也正看著葉瑋珊，兩人目光一碰同時避開，都有些不好意思。

愣在一旁的黃宗儒，看眾人表情古怪，忙說：「小睿意思是陪我聊天，別誤會。」

誤會什麼？吳配睿一怔，這才發覺自己剛剛所言頗有語病，有些尷尬地低聲啐說：「我當然是說聊天。」

瑪蓮可不管這幾人的打情罵俏，賴一心既然說得頭頭是道，奇雅又似乎已經允可，看來分組分定了。她先白了賴一心一眼，回頭看著縮在一旁的張志文，忍不住罵：「臭蚊子，你幹嘛不吭聲？」

張志文可不是笨蛋，他當然希望和瑪蓮一組，但他也很清楚，這時候自己說越多越容易壞事，只乾笑說：「我沒意見，一切由阿姊裁決。」

「可惡！」瑪蓮頓足說：「一組就一組，打仗時你要是再胡說八道調戲阿姊，我馬上跟你拆夥。」

張志文行了個軍禮說：「是！我一定打完仗以後才胡說八道。」瑪蓮一愣，倒是忍不住笑了出來。

新編組的各軍團當然不只派兩個白宗人領軍，賀武、李翰等其他高手也要配入，賴一心正接下去安排，沈洛年見沒自己的事，和葉瑋珊打了個招呼，飄身離開，打算找個水源處，讓牛精旗泡在水中好好吸了個飽，明天恐怕還有機會用到。

□

歲安城中的河流，是從城北端九迴山區引入，順著規劃的渠道一路往南延伸，人工河道倒不難找，沈洛年就近找了個地方落入河溝緩衝區，取出牛精旗，探入水中。

這一放入水中，牛精旗周圍馬上產生了水流迴旋，就彷彿放入一個空瓶子，水正迅速地向著中心湧入，沈洛年不禁微微咋舌，看樣子這裡面能引入的水量可眞不少……不過這也沒錯，讓百步內充滿大片濃霧所需的總水量可也不少，何況還得持續好一陣子？而這麼多水裝在裡面，牛精旗卻輕飄飄的，看樣子還眞是裝到玄界去了，可惜不能直接倒水出來，不然這不是個超大的水壺嗎？

沈洛年正胡思亂想，突然覺得身後有點異常，他回過頭一望，卻見河溝上的大道左側，一大群人正望著自己，看起來大部分是軍人，但也擠了一些普通平民，那些人看著自己的目光，似乎和前陣子又有些不同了？除了敬畏、驚懼之外，似乎還多了點不大熟悉、不大該有的氣味，不過那種氣味倒不會讓人反感。

看沈洛年目光轉了過來，人群一陣騷動，不少人正低聲議論著，似乎有人想走近，又有人想阻止，隔了一段距離，沈洛年也聽不清楚，只感覺身後老是嗡嗡聲不斷。

這可眞有點煩，早知道應該去山上找流泉，沈洛年轉回頭，望著泡在水中的牛精旗，考慮片刻，終於還是懶得換地方，就這麼背對著眾人，不管他們在自己身後吵。

又過了好片刻，沈洛年感覺到有五、六個帶著一絲淡淡妖炁的人，從河岸掠下，正往自己背後走來，而那些嗡嗡聲也突然安靜了下來。

又在搞什麼？既然是妖炁……該是引仙部隊的人吧？好像是千羽的？雖然引仙部隊該不會有人想暗算自己，不過防人之心不可無，眼看對方越走越近，沈洛年皺起眉，回頭看了一眼。

這一回頭，那些人一驚同時止步，領頭的長腿女子露出笑容，輕招了招手笑說：「洛年。」

沈洛年卻也有點意外，身後是六個年輕女子，領頭兩人自己倒是挺熟悉，就是酖族的昌珠和羅紅，那兩人因爲和白宗眾人本就相識，當初白宗在澳洲選擇引仙者的時候，就應徵成爲少數幾名千羽引仙者，而因爲千羽的特性使然，除張志文之外，之後的千羽引仙幾乎都是選身材纖細的女子，讓她們更容易發揮千羽的特性。

酖族女巫十年一募，昌珠其實大了羅紅十歲，如今已經三十過半，不過因爲過去二十年都處於麒麟換靈的狀況，老化速度大減，當初看來不過二十出頭，換靈能力消失後雖開始老化，如今也不過接近二十五、六歲的模樣，而羅紅更不像超過二十歲的女子，至於其他幾名女子，看來也差不多這個歲數，她們眼神發亮地直盯著沈洛年，不知道正期待著什麼。

若是別人，沈洛年說不定懶得理會，但是酖族女巫這幾年倒是幫過自己不少忙，無論是咒誓之術、影蠱凱布利、道咒總綱，一直到前陣子幫忙照顧狄純，都是靠這些人出力，沈洛年不好給她們臉色看，只微微皺眉說：「小珠姊、小紅姊，怎麼了？」

「洛年，這幾個小妹妹，都是我們小隊裡面的美女喔。」昌珠笑說：「她們想請你喝點小酒，彼此認識一下，做個朋友，能不能賞光啊？」

什麼？沈洛年這輩子從沒聽過這種邀約，還以爲自己聽錯了，愣了愣才說：「請我喝酒？」

「天剛黑，鑿齒就打來了，你該也還沒吃晚餐吧？」昌珠笑說：「一起解決吧。」

沈洛年目光掃過這幾名女子，倒也看不出是不是美女，自從鳳凰換靈之後面對女子，除非對方明顯有缺陷或眞是明艷過人，沈洛年看起來都差不多，他考慮了幾秒才說：「爲什麼要認識我？」

昌珠一怔，笑說：「這還要問嗎？你是今天作戰的大英雄啊。」

「啥？」沈洛年一呆。

昌珠睜大眼睛笑說：「你單槍匹馬不知道殺了多少鑿齒，差點被鑿齒攻破的城牆也是被你守住的，還放霧逼得對方全軍撤退……我們千羽部隊都在天上看到了喔，現在這些事應該已經傳了開來，想請你吃飯的人一定很多，不過我們可是先來的喔。」

沈洛年突然明白，那很不熟悉的氣味，原來是仰慕的味道……媽的，以前可沒人仰慕過自己，難怪不熟。沈洛年心中一面亂想，一面隨口說：「這兒已經有餐廳、酒吧之類的地方了？」

「有喔，每個區都有一個。」看沈洛年似乎有意願，昌珠欣喜地說：「都是過去總門開的……換句話說就是公營的啦，現在還沒幾個人有這種財力開大型餐廳，不過現在鑿齒圍城，也沒什麼好吃的，只是個聊天的地方。」

原來如此，沈洛年這一瞬間頗有點困惑，他對這種聚宴自然沒有興趣，拒絕人沈洛年很在行，但「委婉」地拒絕他可不大熟練，可是沈洛年又不很想讓這兩個畆族女子難堪，遲疑了一下，還不知道該怎麼開口，昌珠突然湊近沈洛年耳畔說：「很多人都以為你是壞人，我們有很努力幫你宣傳喔。」

吃個飯倒沒什麼不行，沈洛年其實有點意動，但他望了水中的牛精旗一眼，見周圍仍有水流往內繞，看樣子還得吸一陣子，正想拒絕，昌珠又笑說：「順便告訴你，小紅和男朋友分手了喔，現在是自由之身。」

「小珠，妳說這幹嘛。」羅紅一怔，有點尷尬地說。

「不該說嗎？」昌珠嘻嘻笑說。

看樣子還是別去，沈洛年搖搖頭說：「不了，我還有事。」

昌珠有點失望地回頭和羅紅互看了一眼，這才說：「好吧，洛年不賞臉，我們自己去。」

沈洛年一轉念說：「小珠姊。」

「嗯？」昌珠以為沈洛年變了主意，睜大眼睛回頭。

「那些人妳認識嗎？」沈洛年說：「能不能請他們別盯著我？」

昌珠一愣，輕笑說：「好，我去幫你趕人。」

「謝謝了。」沈洛年轉過頭，繼續望著河流。

昌珠倒是交遊廣闊，上去對眾人說了幾句話，圍觀的人漸漸散去，沈洛年舒服不少，又等候了片刻，那牛精旗吸水速度似逐漸減緩，眼看就快足夠，突然耳中傳來輕疾的聲音：「白宗葉瑋珊要求通訊。」

沈洛年微微一怔，才剛分開不到一個小時吧？怎麼突然又要找自己，沈洛年讓輕疾接通後，開口說：「瑋珊？」

「洛年！」葉瑋珊聲音有點焦急地說：「怎辦？金烏珠好像被我弄壞了。」

「嗄？」沈洛年一怔說：「怎麼說？」

「我和一心找了隔光板，在地下室測試，效果很好，打開的時候確實放出了非常強烈的光芒……彷彿近在眼前的太陽。」葉瑋珊說：「但只有幾秒鐘時間，之後就沒了。」

「能量用完了吧？」沈洛年說：「要重新灌入炁息。」

「我有灌入。」葉瑋珊說：「可是好像沒用。」

「要灌到灌不進去才算滿吧？」沈洛年也不很清楚，猜測說。

葉瑋珊頓了頓說：「也對，這麼強烈的光華，需要的能量應該不少……是我想錯了，不過想充入足夠炁息，不知道要花多久時間？」

「妳在玄界不是有存炁息嗎？」沈洛年說：「統統拿出來灌吧。」

「那也是有限的，不能隨便浪費，萬一打仗需要怎辦？」葉瑋珊沉吟說：「我去找大家一起灌好了，除一心以外，大家納炁速度都不慢。」

「不用這麼麻煩。」沈洛年說：「妳在白宗嗎？」

「是啊，怎麼？」葉瑋珊說。

「你去高台等我，我帶妳到天上去。」沈洛年說。

「啊。」葉瑋珊喜說：「對了，離開息壤區，我引炁的速度和質量都會大幅提升。」

「就這樣吧。」沈洛年將牛精旗取出水面，甩乾收起說：「我這就過去屋頂高台。」

「這樣嗎？」葉瑋珊語氣有點遲疑：「會不會太麻煩你？」

「不會。」沈洛年頓了頓說：「除非妳不想去。」

葉瑋珊一怔說：「當然……不會，我馬上上去，你等我幾分鐘。」

「好。」兩人結束了通訊，沈洛年收妥牛精旗，飄身而起，對著白宗的住宅區飛了過去。

沈洛年在屋頂上等了一陣子，過了片刻，他目光轉向樓梯出口，卻見狄純突然蹦了出來，

沈洛年微微一怔，還沒開口，狄純已經奔近，開心地說：「洛年！你要帶我們出去玩嗎？」

「啥？」沈洛年一愣，卻見奇雅、葉瑋珊正走出樓梯口，奇雅正開口說：「小純，那是瑪蓮胡說的。」

狄純一愣，笑容消失，失望地說：「原來……不是嗎？」

「沒有胡說、沒有胡說。」瑪蓮在兩人後面笑著躍出，她奔到沈洛年身旁，抓著沈洛年左臂搖晃說：「洛年本來就要帶宗長和奇雅出去玩，只是沒打算帶我們而已，這要靠自己爭取。洛年，讓我和小純一起去吧？好啦、好啦？」狄純見狀，有樣學樣地輕拉著沈洛年右手，但她倒不敢開口，只一臉企盼地看著沈洛年。

葉瑋珊已有點尷尬地走近說：「我本想請奇雅一起去，這樣存得該比較快……但是……」沈洛年已經大概知道怎麼回事了，知道奇雅要去，瑪蓮當然想跟，瑪蓮大概怕一個人不容易得逞，索性把不知道狀況的狄純一起叫來……沈洛年還沒開口，奇雅已經說：「若覺得不方便，別和瑪蓮客氣。」

「奇雅，妳該幫我說話啊！」瑪蓮苦著臉喊。

「又不是去玩。」奇雅沒好氣地說。

「沒關係，來了就一起去吧。」沈洛年說。

「太好了。」瑪蓮笑嘻嘻地說：「洛年，今天你救了阿姊，還沒謝謝你呢。」

剛認識時雖然覺得有點受不了，但相處久了之後，沈洛年倒也不討厭直率的瑪蓮，他苦笑搖搖頭，放出寬三公尺的凱布利，五人分別跳上，沈洛年讓凱布利充入妖炁，帶著四女往東北方天空飄，一面說：「小睿和志文沒跟來我比較意外。」

「我警告過了，蚊子要是跟來我就教訓他！」瑪蓮得意地說：「小睿剛好不在房間，算她倒楣。」

狄純抿嘴笑說：「小睿姊應該是去找宗儒哥了。」

「對喔。」瑪蓮點頭說：「小純好聰明，有男朋友就是不一樣。」

狄純一怔，紅著臉頓足說：「哪有啦！瑪蓮姊！」

瑪蓮笑了片刻，往下方望了望，見離地越來越遠，她吸一口氣，體會著炁息逐漸湧入身軀的感受，一面說：「舒服！這次道息似乎眞的增加不少呢……這兒已經比以前多了，洛年，打算帶我們去哪兒玩啊？」

「遠離宇定高原，然後離地個一千公尺，息壤土的影響應該就很小了。」沈洛年說。

葉瑋珊也正在引炁入體，她一面說：「我已經請人製造適當的器具，可以善用這個新寶物金烏珠，不過戰時儲存能量不便，久久才能用一次，可能得考慮找一群引仙部隊在旁待命。」

「說不定用不著。」瑪蓮笑說：「今天洛年一放霧，鑿齒、刑天就死命逃，被洛年追著在後面一路往外殺不敢再來，洛年一個人可抵千軍萬馬，我看他們明天說不定會撤退。」

「洛年又放霧了？啊，我應該去看的。」狄純想想又爲難地說：「可是我怕看殺人。」

「咦，小純見過洛年放霧啊？」瑪蓮意外地問。

「對啊。」狄純甜甜地笑說：「洛年當初救我的時候，就是用霧逃出來的。」

「小純好可愛！阿姊抱一下。」瑪蓮一把摟住狄純，一面笑說：「眞不懂洛年怎麼不把妳收了當老婆？可便宜了那個玩魔法的小鬼。」

狄純臉龐紅著說：「瑪蓮姊，別胡說啦。」

奇雅白了瑪蓮一眼，轉頭望著葉瑋珊說：「洛年出手雖有幫助，但我們任一面城牆都有四公里寬，轉仙部隊又只有萬餘人，對方不難找到空隙攻城……今晚提早收兵該另有原因。」

葉瑋珊也認同奇雅的說法，顰眉低語說：「這是爲什麼呢？」

「因爲天黑了吧？」瑪蓮還抱著狄純，一面輕笑說：「鑿齒想睡覺了。」

「不會是這樣吧？」葉瑋珊好笑地說。

「不過當初鑿齒和牛頭人作戰，確實也不在晚上打。」奇雅沉吟說：「難道妖怪不喜歡晚上打仗？」

這時凱布利已經凝停在高空中，雖然仍能遠遠看見歲安城、宇定高原的形貌，但已經隔了數公里遠，道息濃度應已不受息壤土影響，沈洛年無所事事，聽著三女對話，想想突然說：「會不會是習慣了晚上修煉？」

「什麼？」眾女一怔看向沈洛年，沈洛年接著說：「月圓之時，月華牽引，道息最純，此時修煉事半功倍，月圓前後數日內都有類似效果，今天是陰曆十九……怎麼，妳們都不知道嗎？」卻是沈洛年看眾人都瞪大了眼睛，終於停下詢問。

「真是這樣嗎？」葉瑋珊訝異地說。

「洛年你不說誰知道啊！」瑪蓮跟著哇哇叫：「我們又感覺不到道息。」

「我們也該晚上修煉嗎？」奇雅跟著問。

沈洛年一怔說：「我不知道。」這是懷真過去和沈洛年聊起的事情，也就是她總在月圓幾日吸取道息修煉的原因，倒不知道對人類修煉有沒有幫助。

「引仙者和妖怪一樣辦法煉就對了。」瑪蓮說：「以後我也要晚上修煉！」

「那妳什麼時候睡覺？」正引炁的奇雅說。

「呃？」瑪蓮抓抓頭說：「沒月亮的時候睡！」

「每天月亮出來時間都不同喔。」奇雅沒好氣地說。

「月亮不是只會變大小嗎？」瑪蓮一怔說。

「時間也會。」奇雅說：「隨著盈虧變化，每天月升時間都不同。」

「真的嗎？靠！我都不知道。」瑪蓮大吃一驚，轉頭說：「洛年這該怎辦？」

「不知道。」沈洛年搖頭說：「我不用修煉炁息。」

「知道月亮會影響，已經是個大收穫了，等和平後再慢慢測試適合的修煉方式。」葉瑋珊頓了頓說：「如今隨時會打仗，能睡飽的時候還是要睡飽。」

「也對。」瑪蓮一轉念笑說：「他們既然晚上不打仗，我們要不要試試半夜偷營？」

「那兒有大刑天坐鎮。」葉瑋珊搖頭：「若在城牆附近，一般轉仙部隊遇到這種強大妖怪，還有逃竄的機會，到那兒完全沒法應付，除我們之外，部隊會死傷慘重。」

「也是。」瑪蓮有點喪氣地說：「但我們在城牆旁砍鑿齒也沒以前砍得爽快，只有妳們的道咒之術沒差。」

「還是有影響，不斷開啟玄界之門，也會消耗炁息。」奇雅走近葉瑋珊說：「宗長，我引妥了。」

「麻煩妳了。」葉瑋珊將金烏珠遞過，輪奇雅灌注，跟著自己繼續引炁。

「咦？」瑪蓮這時突然低呼一聲，鬆開狄純自語說：「接通吧。」

「怎麼？」奇雅一面灌炁息進入金烏珠，一面問。

瑪蓮皺眉說：「臭蚊子找我……喂！又要幹嘛？」最後兩句話自然是對張志文說的。

瑪蓮側耳聽了片刻，又說：「那現在誰在負責？……喔……嗯……你幹嘛不直接跟宗長說？」

和自己有關？葉瑋珊一怔，目光轉了過去。

只見瑪蓮又聽了片刻，突然笑罵說：「喔？眞的嗎？……還要幹嘛？……誰管你這麼多！……什麼？去死啦，我回去再找你算帳。」

結束了通話，瑪蓮見眾人都看著自己，她抓抓頭說：「宗長，蚊子有件事要我問妳耶。」

「怎麼了？」葉瑋珊問。

「他和阿猴，還有無敵大和小睿四個人，被小珠、小紅和幾個千羽部隊的女孩找去慶祝了。」瑪蓮瞄了沈洛年一眼，嘻嘻笑說：「聽說那些美女本來先去找洛年，卻被拒絕了，她們好傷心。」

「啊？」葉瑋珊一怔，轉頭望著沈洛年，擔心地說：「是因爲我……」

「不是！」這女人毛病又犯了，沈洛年搖頭說：「妳找我前我就拒絕了。」

「這樣嗎……」葉瑋珊似乎不大相信，瞄了沈洛年兩眼。

「反正我們也是好幾個美女，洛年又沒吃虧。」瑪蓮扠著腰哈哈笑了起來。

「仗還沒打完他們慶祝什麼？」奇雅皺眉說：「可別喝醉了。」

瑪蓮歪著頭說：「有無敵大跟去該不會吧？而且等我回去發現那渾蛋喝醉，他就死定了。」

「瑪蓮。」葉瑋珊說：「志文什麼事找我？」

「對啦，差點忘了正事。」瑪蓮笑說：「蚊子說，我們打仗的時候，千羽部隊除了在空中飛，也不知道能做什麼，他也沒時間指揮，想問問該怎麼辦。」

葉瑋珊這才想起，平常千羽部隊都是張志文在統領訓練，但是打仗就沒人管這件事了，難怪今天總是沒什麼章法地到處飛來飛去……葉瑋珊沉吟說：「我倒有事情可以請她們做，明天開始，我暫時直接指揮。」

「另外還有一件事。」瑪蓮又說：「我們正打仗的時候，東方大陸的總門搜索團，好像傳出警訊，聽說是遇到什麼有組織的妖族，有不少人受傷，那兒的千羽部隊得到消息後，用輕疾傳訊回來，問該怎辦。」

不會是狼人吧？告訴過他們別太深入陸地……葉瑋珊和沈洛年對視一眼，才接著說：「志文沒讓她們把輕疾分給總門部隊嗎？」

「還沒吧？」瑪蓮歪頭說：「我不清楚。」

這也難免，畢竟是直到四天前，在沈洛年逼迫下，總門才和白宗暫釋前嫌，攜手合作，跟著就是忙碌地備戰，一時也沒人管島外的事情……葉瑋珊想了想說：「有告訴夏將軍嗎？」

「有。」瑪蓮說：「夏將軍好像要他們盡速撤退，現在這兒也沒法派高手支援啊。」

「夏將軍有下指示就好。」葉瑋珊轉念說：「關於千羽部隊……小純。」

瑪蓮使用輕疾時，狄純已趁機躲到沈洛年身後，此時突然聽到葉瑋珊呼喚，她意外地探頭說：「宗長姊姊？」

「她們沒輪班守城的時候，妳暫時幫忙訓練她們如何？」葉瑋珊說。

「咦？」狄純吃驚地說：「我不懂得管人的。」

「我來管理。」葉瑋珊微笑說：「妳飛行技巧最高明，幫忙訓練就好。」

「我……我不知道。」狄純望向沈洛年，沈洛年卻轉開頭，不管她懇求的目光，狄純嘟起嘴，拉了沈洛年衣袖一把說：「洛年……？」

「幹嘛？」沈洛年哼哼說：「自己決定啦。」

「我怕做不好。」狄純膽怯地說。

「沒關係的，小純。」葉瑋珊笑說：「我們都會幫妳。」

「洛年也會幫我嗎？」狄純說。

「不會！我忙死了。」沈洛年見狄純咬唇猛扯自己衣袖，好氣又好笑地搶回衣袖說：「別扯了！」

狄純縮回手，見葉瑋珊還看著自己，這才低聲說：「那……我盡量試試看。」

葉瑋珊微笑說：「太好了，千羽部隊都是女孩子，讓志文管理畢竟不大方便。」

狄純一轉念，突然輕笑說：「因爲都是女孩子，所以瑪蓮姊才這麼生氣嗎？」

「我幹嘛生氣？」瑪蓮愣了片刻才想通，她臉一紅，衝過來伸手要抓，一面嚷：「妳這小丫頭不想活了！」

狄純騰身一蹦，黃光倏然冒出，仙化間雙翅急展，飛出凱布利外，一面笑說：「瑪蓮姊饒了我。」

這樣怎麼抓得到？瑪蓮指著狄純笑罵：「給我回來！」

「不要。」狄純紅著臉笑說。

瑪蓮目光一轉，煉鱗仙化間，猛然引炁一爆，以爆閃身法倏然衝上狄純身旁，向她腰間急抱。

狄純不禁一呆，自己若閃開，瑪蓮豈不是摔死了？而爆閃心訣又是瞬間移位最快的方式，狄純才這麼一遲疑，已經被瑪蓮一把抱住。

瑪蓮這一抓，怕癢的狄純渾身發軟，連忙向凱布利飛回，瑪蓮可不放過她，緊抱著狄純，搔得她不斷求饒，兩人在凱布利上亂滾。

「好了啦。」奇雅忍不住搖頭說：「小純若不是怕妳摔著，妳也未必抓得住她，眞不怕死。」

瑪蓮這才放過已經動彈不得、軟在一旁喘氣的狄純，回頭嘿嘿笑說：「就算小純閃開，你們也不會讓我摔下去，而且小純心這麼軟，怎麼可能閃開？」

這話倒也沒錯，無論是葉瑋珊、奇雅或沈洛年，都有辦法接住瑪蓮，但這舉動還是太過危險，葉瑋珊搖著頭正想勸誡，瑪蓮又說：「而且我感覺全身都是力量往外跑……說不定……」

這話說完，瑪蓮體表泛出刺眼的螺旋狀熾亮紅芒，她身上的鱗片，也因爲反射而映出一片紅，她炁息一迸，突然騰空而起，在空中迅速地幾個轉折，對空轟隆隆地連揮數掌，這才落回了凱布利上方。

眾人雖然都很吃驚，卻比不上瑪蓮自己的驚訝程度，她一落回凱布利上，就忍不住哇哇大叫說：「靠！好爽！奇雅，我不想回歲安城了！」

奇雅皺眉說：「道息濃度差異影響眞大。」

「一方面也是洛年之鏡的幫助，但最好還是別在這種高處玩，以免有意外。」片刻後葉瑋珊再度引炁炁息，她把金烏珠取回灌入，一面說：「今日鑿齒和我們都已經確認了這種狀況下彼此的戰力，重點是明日，希望能順利擊退敵人。」

瑪蓮說：「今天開會，夏將軍說明天的主要作戰目標是毀掉巨木，這樣就能打贏嗎？」

「少了巨木，對方沒法破壞城牆，自然不會輸。」葉瑋珊說：「當然，若不是我們沒把握打贏刑天，也不用選這麼保守的作戰方式。今天看到的刑天不多，出城戰鬥還應付得來，就不知道實際有多少……」

「刑天嗎？」沈洛年插嘴說：「一個大的，九個小的。」

眾人一愣間，葉瑋珊輕呼一聲，搖頭自責地說：「居然忘了你的感應能力，眞是忙昏頭了。」

「這種數量我們應該勉強頂得住吧！」瑪蓮想想突然皺眉說：「洛年，大隻的大概沒人打得過，交給你吧？」

倒是可以試試，雖然過去遠不是那隻巨型刑天的對手，但後來學會了更恰當的移位換形之法，時間能力也有提升，還掌握了「變重」的方式，說不定可以一拚，不過那傢伙身邊滿是敵人，可沒法單打獨鬥。沈洛年想了想說：「那隻可能不想靠近城牆，越強的妖怪，越討厭那種地方。」

「那就太好了。」葉瑋珊鬆了一口氣說：「暫時可以不要理會那隻。」

「但會不會直接飛衝入城中我就不知道了。」沈洛年說：「他應該有這種能耐。」

葉瑋珊一怔，思忖了一下說：「刑天畢竟不是虯龍，不能持續飛行，城中排斥道息效果只稍弱於城牆邊，妖炁大幅降低情況下，就算是大刑天也頂不住眾人圍毆，他若敢孤身衝入，眾人合力，該不難對付……他不像我們有洛年之鏡，城內待久了，說不定連槍彈也能打傷他。」

這也對，那大傢伙若自己一個人跑到城中，別說眾人合力，自己出手應該也能順利砍殺，倒不用擔心此事，沈洛年想了想說：「在混戰中，我若有機會的話，會幫你們殺刑天。」

「對啊！」瑪蓮笑說：「洛年無聲無息、神出鬼沒的，今天救我的時候，一冒出來就宰了一隻，嚇得另外兩隻死命往外逃。」

葉瑋珊只怕沈洛年不肯出手，聞言大喜說：「若眞能把那九隻刑天殺了，最後集中高手對付那隻大刑天，轉仙部隊就可以往外驅趕鑿齒，才能眞正佔上優勢。」

「太好了！贏定了！」瑪蓮想了想，突然側頭問：「不過爲什麼洛年你用手殺的人和妖怪，很多都冒出一大片霧之後乾掉啊？那是什麼怪功夫？」這問題注意到的人其實不少，不過這功夫頗爲詭異，敢當著沈洛年面前問的，瑪蓮還是第一個。

沈洛年倒沒想過該怎麼回答，只說：「那是種逼出水分的功夫。」

「是闇屬玄靈的功夫嗎？」葉瑋珊也問。

這件事不適合多提，沈洛年搖搖頭說：「別問了，與妳們無關。」

沈洛年既然這麼說，眾人不好再問，只好轉過話題，談起今日戰時的一些趣事。

一段時間過去，葉瑋珊和奇雅也交換灌注了好幾次金烏珠，葉瑋珊終於低下頭，看著金烏珠說：「滿了？原來需要這麼多能量。」

「回去吧？」沈洛年問。

「欸，多逛一陣子吧？別急著回去。」瑪蓮叫：「去哪兒玩玩如何？海邊？」

沈洛年倒是無所謂，望向葉瑋珊，看她怎麼決定。

葉瑋珊想了想，搖頭說：「太遠了，鑿齒晚上不攻城只是推測，我們不能離開太久……不過如果可以的話，在這兒多待一陣子吧，我和奇雅趁這機會多補點炁息回玄界。」

奇雅贊同地說：「也好，這兒快。」

五人就這麼飄在高空中，或坐、或站，葉瑋珊、奇雅兩人專心引炁納入玄界，不大說話，而狄純只要黏著沈洛年就覺得安心，也安靜地坐在一旁，不過瑪蓮可有點氣悶了，她忍不住拿出刀子對著空中亂劈，反正此時炁息豐沛，她乾脆鼓出一波波亮紅色刀氣破空往外亂射，一面大叫痛快。

這麼搞下去會不會引來強大妖怪？沈洛年正想勸阻，突然微微一怔，轉頭向著西方攔妖河對岸看去。

「怎麼了，洛年？」一直很注意沈洛年的狄純，好奇地問。

「等等。」沈洛年臉色沉重，瞇著眼遙望，但畢竟隔了挺遠的距離，還看不出所以然來。

瑪蓮也注意到沈洛年表情不對，收了刀走近，望著狄純說：「小純，洛年幹嘛啊？」

「不知道。」狄純擔心地搖了搖頭。

「是今晚才來人界的嗎？」沈洛年低聲自語說：「這可麻煩了。」

「什麼啊？洛年。」瑪蓮忍不住了。

沈洛年看了瑪蓮一眼，目光轉過，見趺坐著的葉瑋珊和奇雅注意力也轉了過來，他深吸了一口氣才說：「似乎……從西岸來了幾十隻刑天，其中大概有五個大型的。」

眾人一愣，都變了臉色，瑪蓮張大嘴，呆了呆才說：「眞是刑天？會不會是別的妖怪路過？」

沈洛年搖搖頭說：「那種妖炁是刑天沒錯……不同妖怪的妖炁都有些微的差異。」

「這……這怎麼打啊？」瑪蓮瞪大眼睛說：「洛年你能殺光嗎？」

「呃？」沈洛年瞪眼說：「別開玩笑。」

葉瑋珊猛然站起說：「我們快回去，找夏將軍舉行緊急會議。」

還開什麼會，這時候應該快逃命吧？沈洛年望著葉瑋珊，終於還是沒開口，只將凱布利往斜下方一轉，快速地向歲安城飄去。

ISLAND

一夫當關

次日清晨天還沒亮，十幾個城內重要人物，神情嚴肅地集中在城南中央高台上，等候對方擺開陣勢。

昨晚得到沈洛年的訊息，開了半夜的會議，勉強決定了幾個戰略，但卻一點把握都沒有。事實上，除白宗之外，還有大半人對這個消息半信半疑，不過此時寧可信其有，誰也不敢掉以輕心，今晨集結在這兒，就是想早點確定這消息的正確度。

但說到解決之道，可就誰也提不出來了，若沒有刑天，城中部隊只要往外殺出，遠離歲安城後，強者更強，數量較少的轉仙部隊，才有可能驅滅鑿齒，但刑天一多，只好以城牆附近爲主戰場，以免部隊反被刑天屠殺，可是城牆附近轉仙者對鑿齒的優勢也相對降低，對方卻擁有十倍以上的兵力，根本無法持久應付。昨日對方主要目標是城牆，加上乍進即退、攻城時間不長，所以傷亡人數還少，若持續時間一長，實在不堪設想，眾人雖勉強做出一些應變計畫，但能不能奏效，誰也不知道。

隨著東方天色漸亮，遠遠城南鑿齒陣中，開始傳出動靜。過沒多久，鑿齒隊伍慢慢往外排了出來，對方似乎並沒有什麼軍伍概念，十幾萬人雜亂地擠在踏平的田野上，東邊三萬、西邊五萬地分成了四、五群，也許是部族的分隔，也許是隨意的區分，誰也不知道，而這些部隊搬運著的巨木就有百多條，看樣子昨日的攻城果然只是測試而已。

「刑天出來了。」眼力最好的張志文說。

果然森林中冒出了一大群大小刑天，正先後走入鑿齒陣中。

這些拿著巨斧、巨盾的高大無頭怪物，散在鑿齒大軍之前，其中有六隻高出半截，體內蘊含著強大妖炁，正聚在一起望著歲安城，不知是不是在討論戰略。

眼看眞的多了這麼多刑天，眾人雖已有心理準備，仍不免心底發涼，正面面相覷說不出話來，突然一個負責傳訊的煉鱗引仙者開口說：「報告將軍，北城傳來消息，有一大部分鑿齒部隊繞開了。」

眾人一怔轉頭，那年輕人又說：「東城也是，啊！連西城也是，三方鑿齒部隊都往南撤，都各只留近萬部隊。」

「他們不打算拖下去了。」夏志成看著鑿齒部隊說：「對方即將全力攻城……葉會長，既然確定了刑天的數量，只能使用昨夜研擬的戰術了，此時直接由您指揮比較方便，我這就把統帥權交回。」

此事葉瑋珊和夏志成已有共識，她微微行禮說：「有勞夏將軍了，如果我有什麼指揮不當的地方，還請多多提點。」

「不敢。」這種場合，一個普通人，實在不便指揮作戰，夏志成輕嘆了一口氣，退到高台外側。

等那些鑿齒部隊通通匯集到南面，對方就會攻來了吧？這近百名刑天衝來，今日撐得過去嗎？高台上這時一陣死寂，誰也不想說話。

過了片刻，呂緣海突然悄悄走近葉瑋珊等人，低聲說：「葉宗長、沈先生，我們何不率隊從東面出城，撤上九迴山？」這話的意思當然不是帶著全城往山上撤，他是想拋下城中三十多萬人，只帶著轉仙部隊往山上逃。

他聲音雖低，但白宗眾人都站在一起，聽到的人自然不少，葉瑋珊身旁的賴一心首先臉色微變，大聲說：「呂門主！你……」

「一心！」葉瑋珊一把抓住賴一心，搖了搖頭。

賴一心一怔停口，葉瑋珊這才低聲說：「呂門主，九迴山上豈有比這兒還安全的地方？」

「這……」呂緣海說：「至少可以安全數日，宇定高原百多里寬，總能找到躲藏處。」

還沒交戰，他就打算直接扔下這城中三十多萬人嗎？葉瑋珊雖然不滿，但此時鬧翻有害無益。她目光一轉說：「呂門主，你不覺得時機不對嗎？城破那一刹那再走，可比現在安全不少。」

呂緣海一怔，目光一亮說：「這我當然知道，但若是守城時損失過重……」

「我明白，夏將軍已經把統帥權交回了，我會盡量保留各部隊的戰力。」葉瑋珊微笑說：「什麼時候該怎麼做，我心裡有數，門主不用太擔心。」

「瑋珊？」賴一心大吃一驚。

葉瑋珊先回頭瞪了賴一心一眼，這才對呂緣海微笑說：「呂門主，我還得處理一點私務，先談到這兒吧？時機來臨之前，還請諸位暫且配合。」

「我明白。」呂緣海倒不在乎賴一心的看法，比較介意的反而是沈洛年。他偷瞄了沈洛年一眼，見他表情沒什麼變化，似乎並不反對，這才心頭一鬆，露出笑容說：「諸位不只功夫高強，連思慮都比我們這些老人細密多了，呂某日後當全力爲會長效勞。」說完之後，這才往總門人群退了回去。

呂緣海剛走，賴一心忙說：「瑋珊，怎麼回事？我們不能扔下這些人啊。」

「還要你說？」葉瑋珊白了賴一心一眼，低聲說：「但如果這麼回答，他說不定馬上就會帶人往東城逃……總門部隊只要有一半跟著他走，這仗就不用打了。」

「呃？」賴一心一愣說：「妳騙他的？這……不大好吧？」

「管不了這麼多，能跟他說老實話嗎？」葉瑋珊想了想，輕嘆了一口氣說：「但若當眞到城破的時候，確實做什麼都沒用了，難道那時還不逃？」

賴一心說：「我們全力守住啊，昨晚不是做了這麼多計畫嗎？城不會破的！」

「萬一破了呢？」葉瑋珊說。

賴一心愣了片刻，終於說：「我不知道……但總得做些什麼。」他雖然滿腔熱血，卻也不是笨蛋，當然知道若是城破，不管怎麼做，城內三十多萬普通人，幾乎都死定了。

「到時只有轉仙者有一絲機會逃生，我們唯一能做的事情，就是找一批自願軍留在後路拖延時間，利用九迴山的九個迴道天險，想辦法攔截鑿齒大軍。」葉瑋珊頓了頓，輕握著賴一心的手說：「我陪你留在後面就是了。」

賴一心望著葉瑋珊片刻，露出笑容，握緊葉瑋珊的手說：「好，我們一起留下，看看能做些什麼，沒問題的。」

這人總是這樣……葉瑋珊苦澀地一笑，轉頭說：「到了那時，白宗的事情就交給舅媽和奇雅，妳們盡快領人穿過九迴山，撤入宇定高原。」

「瑋珊。」白玄藍搖頭說：「我和齊哥陪你們斷後。」

葉瑋珊說：「舅媽，引仙之術不可失傳……剩下的人類要活下去，這法門是必要的，妳和舅舅先走。」

白玄藍一怔說：「那我們交換。」

「不行的。」葉瑋珊搖頭說：「我身為歲安城的臨時統帥，沒能與城共存亡已經不對了，怎能逃在前面？這麼一來，不會有人願意斷後的。」

咦？這是自己害的嗎？沈洛年聽到這句不禁大皺眉頭，若不是自己，葉瑋珊也不會當上這什麼會長……倒忘了她有這種莫名其妙的責任感，可真討厭。

「我陪你們斷後。」黃宗儒突然說。

眾人一怔，吳配睿馬上開口：「我也留下。」

「妳陪著藍姊走。」黃宗儒拉過吳配睿，低聲說：「九迴山仍是道息不足的地方，我們藉著洛年之鏡，三人合力該可以撐好一陣子，等你們逃遠了，我們再想辦法往山上撤，還是有機會。」

「不要。」吳配睿板起小臉說：「我才不要自己一個人走！」

黃宗儒正不知該怎麼說，奇雅和瑪蓮對視一眼，兩人心意相通，相對點了點頭，瑪蓮一笑開口說：「算我和奇雅一份。」

侯添良馬上跟著舉手說：「加一、加一！」

「加什麼加？又不是組隊打王……」張志文苦著臉抓頭說：「都留下吧，斷後的戰力夠一點，到時候逃命的機會也大點。」

侯添良呵呵笑說：「一起死了也爽快啊。」

「呸、呸、呸！」張志文瞪眼說：「誰跟你一起死，我留下是爲了帶阿姊逃命。」

「滾你的，誰跟你逃命？」瑪蓮白了張志文一眼。

怎麼又變成全留下了？和熱血笨蛋相處久了，每個人都變熱血笨蛋嗎？沈洛年正在旁邊暗罵，突然葉瑋珊走近低聲說：「洛年，你凱布利能載人，到時拜託你先護著月影團的人走，魔法失傳太可惜。」

我可不是熱血笨蛋，當然會走！沈洛年哼了一聲說：「知道。」

「這些日子……謝謝了。」葉瑋珊凝視著沈洛年說。

媽的，眞想讓我走，就別用這種眼光看我！沈洛年板著臉轉過頭，望著城南那正在騷動的鑿齒哼聲說：「你們是不是搞錯了？城還沒破欸！」

「對啊！仗還沒打呢！」賴一心精神最好，他一陣激動，突然往前跳上城牆，舉起黑矛回頭以炁送聲，聲音遠遠往外傳：「各位！人類的未來就在此一戰，我們一定能守住！我們一定要守住！加油啊！殺光敵人！」

這時所有轉仙部隊都集中在南城高台，他們不像領導群這麼清楚兩方戰力差異，見賴一心這麼激動地大喊，不少人心情激昂，跟著舉起武器吶喊，部隊士氣大振。

「這人實在是……」葉瑋珊輕頓了頓足，見賴一心又跳了回來，連忙幫他引炁，一面說：「想提振士氣，請夏將軍去喊不行嗎？你去胡喊什麼？炁息又散去了不少。」

「抱歉、抱歉，忍不住嘛。」賴一心乾笑著，乖乖讓葉瑋珊引炁。

「喊喊也不錯，不是士氣大振了嗎？」沈洛年沒好氣地說：「以後還想騙人，可以派一心出馬，很有效的。」這似乎帶著聳伏之氣的傢伙特別適合拐人，以後派他出來選舉應該挺容易當選。

「我才沒騙人呢，我真是這麼想啊。」賴一心呵呵笑說。

葉瑋珊聽沈洛年這麼說，微微一怔回過頭，果見本來有點擔憂的部隊情緒高昂了起來，不禁有點狐疑地看了賴一心兩眼。

此時城南那兒，刑天突然一起怪聲長嘯，跟著鑿齒們也大聲吶喊，似乎也正在提振士氣，他們氣息綿長，喊聲宏亮震耳欲聾，聲音遠遠地往外傳，兩方隔了好一段距離，依然聽得十分清楚。

眼看對方即將發難，葉瑋珊低聲說：「奇雅，幫忙引炁。」

「好。」奇雅接手幫賴一心引炁，一面微微皺眉說：「一心也真不會選時間。」

「抱歉，就快滿了。」賴一心乾笑說。

葉瑋珊退開幾步，回頭說：「各自準備了……輕疾，開啓千羽通訊網；千羽部隊依計畫就定位！小珠姊，來吧。」

後方二十公尺遠的「南大道」上，那兒搭了個離地足有三十公尺、臨時趕搭起的大高台，此時上面站著一群覆羽展翅、集合待命的千羽部隊，昌珠、羅紅等人也正在其中，在葉瑋珊呼喚下，昌珠展翅掠起，飄到葉瑋珊上方。

比較特殊的是，一條約五公尺長的粗繩，兩端分別綁在她雙足上，粗繩中央正軟軟懸垂在空中，彷彿一個懸空鞦韆。

就在這一瞬間，鑿齒吶喊的聲音，突然一變，在近百名刑天率領下，十幾萬鑿齒揹著百多根巨木，吶喊著對葳安城城南中央衝來，而本來擠滿鑿齒的森林外田野，只剩下那六名大型刑天。

葉瑋珊回頭一看，見對方不講究陣型，也不分先後，就這麼狀若瘋狂地往這兒衝，整個氣勢和昨日大不相同，彷彿這些妖怪下一瞬間就能踏平這城市，看著那恐怖模樣，葉瑋珊不禁微微一慌，有些手足無措。

「瑋珊？」沈洛年走近葉瑋珊身旁，撿起放在地上一個雨傘般的黑物，低聲說：「不行的話我來。」

葉瑋珊回過神，接過黑物，搖頭說：「你有別的任務，沒關係，我準備好了。」她坐上鞦韆底部，對空中的昌珠揮了揮手，讓昌珠將她往空中帶，向城牆那方飛去。

沈洛年果然沒閒著，他踩著凱布利，隨葉瑋珊身後飄飛，兩人先後凝停在城牆上方，望著逼來的那片黑壓壓鑿齒大軍。葉瑋珊忍著心中的驚懼，將手中那片彷彿雨傘、外黑內銀的東西往外打開，就像拿著個圓弧形天線，對著斜下方。

「這範圍有多大？」沈洛年問，他已將凱布利收回體表，只放出微微妖炁，輕托著身體。

「不知道。」葉瑋珊說：「昨晚測試眞的非常亮，我帶了三層防護鏡都眼花了一陣子，希望遠些地方也有用，否則只靠另一個計畫……不知道可以撐多久。」

鑿齒、刑天自然不知道這浮在空中的兩女一男打算幹嘛，尤其其中一人手裡拿著個大片銀亮圓弧狀物對著南方，更是莫名其妙，他們狂奔的同時，不免直盯著三人瞧。

昨日沈洛年雖殺了數百鑿齒外加一個刑天，但大多是偷襲得手，加上種族不同，也較不容易辨認，鑿齒還不很清楚沈洛年的能力，不過看到能持續飛行的敵人，他們難免有所提防，正一面跑一面打量，卻不料那片銀色圓弧狀物，突然毫無預警地閃出強烈刺眼光芒，前方數萬名鑿齒、刑天眼前一片炫亮，一下子什麼都看不清楚，在眾人大聲驚呼聲中，有人停下腳步，有人轉身亂跑，這一瞬間，碰咚乒噹地摔倒一大片，巨木也滾成一團。

當光亮閃起的同一瞬間，準備妥當的轉仙部隊同時御炁騰躍過城牆，拿著武器殺出，而最快接近敵人的，就是從空中高速下落的沈洛年，他已拔出金犀匕，正二話不說地對刑天殺去。

金烏珠不負所望，前方數百公尺寬，大部分敵人都在光線有效範圍內，尤其最重要的刑天，統統擠在最前方，更是效果卓著。沈洛年收斂著妖炁，點地兩個旋繞，轉仙部隊還沒落地，已殺了五名亂揮斧頭的刑天。

接著城中萬餘轉仙部隊也衝至，但這兒畢竟離城牆還有一段距離，刑天妖炁未散，除沈洛年與白宗眾人之外，能傷得了刑天的人卻不多。轉仙部隊見狀後繞，全力屠殺鑿齒，一面拿引火物點燃巨木，隨著巨木燃起，火焰一大，火鼠跟著竄出，在巨木上四面爬燃，城南這片原野，霎時變成煉獄。

無論是鑿齒還是刑天，驚慌失措下根本無法戰鬥，大軍從混亂到被屠殺、灼烤，直到眼前勉強可以視物，中間只不過短短七、八秒，而這短短七、八秒，就死了數千鑿齒，躺下了三十多隻刑天，鑿齒一面慘呼怪叫一面往外逃，轉仙部隊則追殺不休，直追趕了百公尺，眼見那六名大型刑天往前衝出迎接，葉瑋珊一聲令下，讓隊伍撤回。

眾人攀入城中，往外一看，見遍地都是鑿齒屍體，數百巨木付諸一炬，不禁歡聲雷動，部隊們欣喜地奔上高台引炁，一面互相拍打著，興奮異常。

沈洛年在那最高的高台上落下，葉瑋珊、奇雅、劉巧雯、白玄藍、黃宗儒，還有文森特等四個魔法師，適才並未參戰，這時也都在高台上，正討論著剛剛的戰況。也在台上的劉巧雯，見沈洛年飄下，露出笑容說：「洛年，你動作眞的快得像鬼一樣，剛殺了十幾個刑天呢。」

「下次就沒這麼容易了。」沈洛年往南方望了望說。

葉瑋珊望著南方，見鑿齒大軍已重新整隊，這次他們不擠成一團，分成十個隊伍，似乎打算同時攻擊整片城牆，而刑天群則退到隊伍後方，也不知道是不是怕了金烏珠，葉瑋珊微微皺眉說：「對方該也知道金烏珠灌入炁息需要時間，才這麼急著整隊重新攻擊……還沒滿嗎？」

在高台一角，有二十名煉鱗引仙者，正輪流拿著那金烏珠引入炁息，手中正拿著金烏珠的一名士兵，抬頭說：「報告會長，還沒完成。」

「盡快。」見鑿齒群又從森林中搬出幾十條巨木，葉瑋珊咬著唇說：「他們砍木頭的速度眞快。」

「有那六隻大刑天，慢不了。」沈洛年皺眉說：「又來了。」

確實又來了，刑天似乎想盡速一雪恥辱，隊伍一整，馬上往歲安城衝。葉瑋珊銀牙一咬，拉過昌珠腳下的繩索說：「千羽部隊，我們上。」

千羽部隊本來只是監察用的部隊，所以人數一直不多，加上不少人還在東大陸未歸，此時城內只有三十餘人，現在除了部分派在四面偵查，其他二十人就像昌珠一般，腳上綁著繩索，分別載著葉瑋珊等高台上的人們往上飛。

這二十組共四十人，在四公里長的城牆後方空中排成一排，每個人手中都拿著一個趕製的傘狀聚光器，對著下方照。鑿齒們剛剛才被殺得敗逃，一看到上方銀光閃閃，紛紛低頭停步或以盾遮眼，不敢往上看，但這些當然全都是假貨，發不了強光，鑿齒們等了半天，卻不見光華，這下不禁有點進退維谷，不知該如何是好。

唬人的東西畢竟唬不久，拖拉了一陣子，鑿齒漸漸放心，一個個放開腳步，不理會空中的敵人，只拿著巨木往城牆奔，準備攻擊，就在這時，葉瑋珊一聲令下，右手同揮，連續兩個炁彈朝前方正要接近城牆的巨木轟去，炁彈在巨木上一炸，當場將巨木炸成三截，葉瑋珊也不多看一眼，和昌珠一打招呼，兩人向另外一根巨木飛去。

同時白玄藍、奇雅、劉巧雯等人也跟著放手攻擊，白玄藍和葉瑋珊招式類似，也拿著蘊含爆勁的炁彈到處轟，奇雅柔訣不易破壞巨木，她默唸道咒，在炁勁中蘊含凍氣，整片透入巨木，讓巨木中的水分凝結爆裂，從垂直面崩裂開來，毀損得更徹底。

黃宗儒則拿著那支懷眞借的怪弓，聚力連續出手，一發發凝聚的炁息射入巨木，凝勁泛開的同時，木質也隨之崩散碎裂，破壞木頭的速度，不比葉瑋珊慢。

文森特等四名魔法師也跟著出手，他們口中默唸法咒，手中一指，巨木隨即受莫名冒出的巨力擊斷，崩成數截。

但具有這種威力的人畢竟不多，如劉巧雯等一般發散型變體者，他們大多聚集在中央附近，雖出手威力不足以破壞巨木，但他們靠著身在空中，炁息比鑿齒們豐沛的優勢，不斷往下攻擊，也讓揹著巨木的鑿齒們不斷受傷，巨木走走停停，很難往前移動，但畢竟敵軍數量龐大，巨木數量也多，一段時間過去，還是有不少巨木轟上了城牆。

而葉瑋珊等人從兩側一路將巨木破壞，慢慢往中間接近，至於巨木被破壞的隊伍，根本無須理會，反正他們若攀上牆壁，自有槍彈伺候。

這麼一來，除千羽部隊緩緩往中央接近，鑿齒、刑天也紛紛往還有巨木的地方擠，一方面嘗試用妖炁保護巨木，也有不少人往上飛射短矛，試圖逼退飛行的部隊，而隨隊伍聚集，鑿齒畢竟越來越多，若千百支短矛同時往上飛可不是開玩笑，眾人也不敢貿然接近，剩下的巨木越來越不容易破壞。

鑿齒一面保護剩下的巨木，一面加快用巨木轟城的速度，但除了空中那四十人到處飛騰忙碌之外，城內部隊卻一點反應也沒有，就這麼讓城外的鑿齒，集中在城門和左二門之間相隔不遠的三處地方，衝撞個不停。

葉瑋珊身在空中，眼看城牆被破壞的程度越來越嚴重，她一面出手攻擊鑿齒或巨木，一面開口說：「輕疾，開啓金烏組通訊網……宋維！好了沒？」

宋維是那群負責灌滿金烏珠煉鱗部隊的小隊長，他馬上回答：「報告會長，還沒滿。」

其實葉瑋珊也知道，若是滿了，對方會第一時間告訴自己，只不過實在太慢，讓人忍不住想問，眼見城牆受損越來越嚴重，葉瑋珊遲疑了一下，終於說：「輕疾，換白宗通訊網……洛年。」

沈洛年一直在城牆後方飄浮著，正遙望著葉瑋珊，聽到耳中的聲音，他開口說：「要我下去了嗎？可惜了點。」

葉瑋珊也覺得可惜，鑿齒刑天畢竟只是胡打一通，沒什麼戰術可言，因爲破壞了大量巨木的關係，他們不知不覺又擠成了一團，若此時能使用金烏珠，剛好可以再次殺退敵人，可是再忍下去說不定牆就先破了。葉瑋珊輕嘆一口氣說：「沒辦法，金烏珠還沒滿……拜託你了，我幫你開路。」

「好。」沈洛年右手拔出金犀匕，左手取出牛精旗，朝城牆破壞最嚴重的地方飄了出去。

葉瑋珊選定了城牆外敵軍蝟集的地方，連續幾個強大且蘊含炎氣的炁彈，對下方鑿齒群急轟，一下炸開好大一片。沈洛年一閃間飄入那空隙處，左手一晃，白霧滾滾而散，向著四面八方瀰漫出去。

白霧瀰漫中，沈洛年收起凱布利，點地急掠，對最近的一個刑天炁息便砍；同時城內部隊在葉瑋珊指揮下，搬著息壤磚攀出城外，在霧中修補破損的城牆。

昨日白霧就發過一次威，對方早已有備，既然無法驅散，總不能讓人在白霧裡胡亂宰殺，眾多鑿齒、刑天當下只好轉身奔逃，尤其刑天已經有了經驗，他們不在白霧中亂跑，而是一路往外高躍跳起飛逃，一方面方便分辨方位；二來待在霧中時間較短，也不容易被沈洛年欺近。

刑天動作本就比鑿齒快，除一開始沈洛年相準的兩名刑天，念頭還沒轉過就死在金犀七下，其他的可砍不到。不過幾秒的工夫，城牆附近這滾滾白霧中，除屍體外，鑿齒、刑天逃竄一空。

沈洛年這時的任務是守住城牆，不能像昨天一樣一路往外殺，他見周圍敵人一轉眼跑光，感應不到妖炁，索性左手一旋，捲起牛精旗，停了白霧。

隨著白霧散去，剛逃散的鑿齒刑天見沈洛年一個人呆站在那兒，周圍數萬人大吼一聲，紛紛往沈洛年和城牆衝，沈洛年卻動也不動，等敵方接近到十餘公尺遠時，他才左手一抖，牛精旗再度甩開，隨著白霧飄散，又是一陣好殺，殺得鑿齒們鬼哭神號、四處亂逃，這次之後，就算沈洛年收起了牛精旗，再也沒人敢進入他周圍百步內。

這時近千名轉仙部隊，正搬運息壤磚到城牆上修補，這些轉仙者就算體無炁息，體力仍比一般人強壯許多，修城效率自然較高，畢竟這時可不能慢慢來。

但在外城修牆，就代表著曝露在敵人的威脅之下，不少人一面工作，一面忍不住心驚膽戰地回頭偷瞧鑿齒大軍，看著看著，卻看到這令人難以置信的畫面——沈洛年紅袍翻飛間，一個人站在城外數百名敵人屍體之間，昂然面對十餘萬鑿齒，而鑿齒們只敢在遠處咬牙切齒，憤怒叫囂，就是無人敢越雷池一步，踏入沈洛年百步之內。

看著這種一夫當關、萬夫莫敵匪夷所思的景象，許多人忍不住心中激動，眼眶泛淚，大聲對著沈洛年嚷叫，但若問他爲什麼要叫嚷、叫嚷著什麼，他恐怕也說不出來。

歲安城城牆後，高台上的賴一心等人，自然看得清楚，不免也是議論紛紛、嘖嘖稱奇。他們雖然一直知道沈洛年有點莫名其妙的厲害之處，卻也沒想到離譜至此，瑪蓮意外之餘，忍不住拍手大叫：「靠，要是有十個洛年……不，五個洛年，說不定就可以直接殺光這些長牙渾蛋了。」

「太好了。」賴一心也興奮地說：「一切都照計畫進行，我們不會輸的。」

「不會輸就好。」張志文拍著胸口說：「我還沒追上阿姊，可不想死啊。」

這話一說，自然惹來瑪蓮的白眼，不過這時瑪蓮心情挺好，只瞪了他一眼，沒動手揍人。

沈洛年卻心裡有數，自己可沒有應付千軍萬馬的能耐，能恰好造成這種景象，只不過剛好是息壤城牆、牛精旗、影蠱加上鳳靈感應能力的綜合結果，若換一個地點，或少了任何一個條件，絕不可能有這種功效，能這樣守住城，只能說運氣不錯。

不過這兒雖然守得很穩、城牆修復的速度極快，但沈洛年的白霧範圍畢竟只有百步寬，護得這處護不得那處，剛剛三個嚴重破損的地方，沈洛年只保住了其中兩處，另一個偏西破損嚴重的城牆，卻依然被大量鑿齒刑天圍攻衝城，甚至引來了其他鑿齒部隊聚集，這麼一來，城牆破損的速度更快。

眼看城牆毀傷漸趨嚴重，文森特等人在葉瑋珊指示下，聯合施展守護陣，藍、橙、紅、紫四種光色交錯掩映，組成一片守護光牆，抵禦著巨木的攻擊，但就算魔法力量不受道息不足的影響，實際運用的力量畢竟也是精靈炁息，一樣會受息壤磚影響而降低效應，四人如今雖勉能抵禦，但除基蒂外，其他三人魔力補充速度十分慢，而基蒂年紀太輕，咒語效應又不如其他三人，若僵持稍久，依然會魔力耗盡。

沈洛年看那兒狀況不妙，開啓白宗通訊網說：「瑋珊，這兒修了近半，不照計畫讓我換位？」

「不！」葉瑋珊欣喜的聲音從沈洛年耳中傳出：「金烏珠剛存滿！輕疾，全部聯絡網開啓，所有人準備動手！洛年，還有空中的千羽部隊，眼睛小心。」

葉瑋珊說話的同時，劉巧雯正從城牆上方出現，一樣拿著個圓弧狀的聚光器，對著下方鑿齒大軍微笑。

剛剛千羽部隊攻擊巨木時，許多人都把這僞造的聚光器收了起來，鑿齒們幾乎都忘了這事，突然看到劉巧雯又拿著在眼前晃動，不免微微一驚、動作稍慢，但等了片刻，並沒見放出刺眼光芒，鑿齒們發現被騙，自是再度往前衝擊，不料這時劉巧雯卻嫵媚地一笑，突然開啓機括，隨著聚光器中央方盒開啓，金烏珠耀目光華迸現，一大半鑿齒、刑天又是眼前一片白亮，什麼都看不到。

這時難道還客氣？萬餘轉仙部隊再度跳出，眾人拿著武器急砍，將鑿齒大軍殺退。

不過鑿齒部隊也學乖了，不像第一次慌亂，其實藉著炁息感應，縱然目盲，仍可粗略分辨周圍狀態與大概方位，只要保持冷靜，彼此撞倒的情況就會大幅減少，雖仍不免被人類大軍追殺，但這次的損失卻不大，除沈洛年、白宗這些速度遠快於鑿齒的人物，眞正砍殺到對方的人其實不多。

但這仍是一次大勝，人類部隊這面自是歡欣鼓舞，轉仙部隊們追著鑿齒身後，一面揮舞手中刀劍一面吶喊，直到葉瑋珊下令回城，才意猶未盡地轉頭。

沈洛年飄在隊伍後，直到所有人翻入城中，他才飛過城牆，剛進入歲安城上空，就見到瑪蓮和吳配睿等人，正聚在一處高台上，對著自己叫嚷揮手。沈洛年疑惑中飄近，才想下落，周圍一陣歡呼響起，一群人從四面其他高台擠近，朝自己蜂擁而來，沈洛年微微一驚，飄身而起，高飛數尺，卻見這些人臉上都帶著狂喜之色，似乎沒有什麼惡意，不過看他們好像一副打算撲上抓著自己的模樣，沈洛年可不敢貿然接近。

「下來啊！洛年！」瑪蓮喊著。

「幹嘛？」沈洛年反而又飛遠了五公尺。

「讓我們扔起來歡呼一下嘛。」瑪蓮笑著說：「你是大英雄耶。」

「不幹。」沈洛年逃命般地轉身，往葉瑋珊那兒的特高台飄去。

瑪蓮看沈洛年頭也不回地溜了，笑著說：「可惡！不來讓阿姊親一下，跑這麼快幹嘛？」

吳配睿笑說：「洛年害臊吧？」

「小睿妳不懂，這叫傲嬌啦。」張志文嘿嘿笑說：「我早就懷疑洛年有這屬性了。」

「傲你的頭，又在胡說。」侯添良咧開嘴笑說：「太久沒漫畫看，快發病了？」

「什麼嬌？」瑪蓮聽不懂，詫異地問。

「蚊子受日本動漫文化荼毒太深，別理他。」侯添良笑說：「阿姊，我們上去找宗長和洛年好不好？一心和無敵大也在上面。」

「別假了，我知道你想找奇雅啦。」瑪蓮哼哼笑說：「你自己問宗長啊。」

侯添良黑臉一紅，正說不出話，吳配睿笑說：「阿猴哥，我幫你問。」

「好啊。」侯添良尷尬地笑說。

吳配睿正想先和黃宗儒聯繫，再叫他伺機幫忙詢問，突然耳中傳來葉瑋珊的聲音：「大家小心，對方已重新整隊，隨時可能重新攻擊，各隊長請立即確認隊員狀態，編組引炁。」

眾人一怔轉頭，果然鑿齒又組成了部隊，這次他們不是一窩蜂擠來，也不是散成一大片，而是分成四大組，每組三、四萬人不等，隊伍中各帶著十來根巨木，還有近二十名刑天壓陣，正大步向歲安城衝來。

「他們眞不怕死？」瑪蓮瞪大眼說：「這麼快又來？」

「下次出城可要多殺幾個。」侯添良摩拳擦掌地說。

張志文臉色卻不大對，搖頭說：「這可麻煩了。」

「怎麼？」侯添良轉頭問。

「他們只分成四大組，這樣每組人數都很多，千羽部隊想攻破巨木就沒這麼容易了。」張志文指著城外，神色凝重地說：「而每組相距近七、八百公尺，金烏珠就算充滿了，頂多對一組有效……只要那組稍微撤退，其他三組可繼續攻城。」

侯添良一吐舌頭說：「那洛年也只能守一個地方囉？」

「對啊，就算靠洛年交錯防守兩處，還是有兩個空隙。」張志文沉吟說：「因爲刑天也分散了，所以城內的轉仙部隊該可以出城頂住一邊，但剩下的一個地方……那個地方……」

眾人見張志文始終說不完最後一句，目光往外望向鑿齒大軍，心情不免再度沉重起來。

ISLAND

從墳墓爬出來

正如張志文所料，沈洛年不管如何神通廣大，也只能勉強守住兩處，千羽部隊的高空攻擊，雖不至於完全無效，確實只能造成干擾。

不過葉瑋珊並未放棄，既然對方分成四組，代表轉仙部隊出城面對其中之一也不會落於下方，當下她讓千羽部隊和轉仙部隊配合，協同攻擊，對方和轉仙部隊纏鬥的同時，無法專心防範空襲，就能順利破壞掉運來的巨木，而葉瑋珊爲了保留戰力，也不和鑿齒大軍多耗，只要破壞了巨木，隨即在千羽部隊掩護下，讓轉仙部隊撤退回城，待引炁充足後，再伺機攻擊另一組鑿齒大軍，至於偏東南的兩組部隊，葉瑋珊實在無法兼顧，只好完全交給沈洛年處理。

西南那兒鑿齒和人類打得天翻地覆，東南這兒卻是靜態的鬥爭，人類和鑿齒幾乎沒有正面爭鬥，反正不管對方破壞到什麼程度，沈洛年拿著牛精旗飄近一揮，白霧滾滾間，就能逼得鑿齒大軍撤退，數萬鑿齒、刑天只能牙癢癢地退開，看著沈洛年身後的人類又把牆壁修補起來，而眼見這兒補好了七、八成，沈洛年馬上又飄到另外一處，再度把鑿齒逼開，跟著又擁出一群人修整城牆，兩方就這麼比賽拆城和建城的速度。

可是修繕的速度畢竟不如破壞迅速，隨著時間過去，城牆毀損的情況越來越嚴重，越來越趕不及，但沈洛年卻也想不出其他的手段，眼看漸漸不妙，正不知如何是好，他耳中突然傳出葉瑋珊的聲音：「洛年！你換去西南邊那兩組，我們來這兒毀掉木頭。」

「咦？」沈洛年一轉頭，這才發現，西南那兒的刑天、鑿齒，已經不再搬運巨木衝城，而是用手中的斧、矛穿刺破壞，效率遠不如前，還會被人類安置在城牆上的槍手攻擊……這是怎麼回事？沈洛年正在發愣，卻聽葉瑋珊解釋說：「他們木頭不夠了，你快去，我們來了。」只見葉瑋珊領軍從上方衝出，對著鑿齒大軍殺去。

沈洛年這才醒悟，刑天砍樹雖快，但這麼不斷被葉瑋珊等人轟毀掉，森林的巨木總會不足。他當下飄去西南面，選了個城牆毀損較嚴重的區域，逼退了鑿齒大軍，讓後方全力修繕。

當巨木盡皆毀去，戰況又漸漸傾向人類這面，被破壞的城牆，慢慢地修整起來，而葉瑋珊斟酌情況，偶爾使用一下金烏珠，把某一大隊鑿齒殺得往後奔逃，也頗有效用。

就這麼打到近午，日照漸烈，兩方都十分疲累，而鑿齒少了巨木，攻城效率大幅度降低，在森林那端一直觀看戰況的大型刑天，終於發聲長嘯，讓鑿齒大軍退了下去。

而鑿齒軍一退，不斷到處奔波殺敵的轉仙部隊，一個個都累癱了，各自找高台引炁歇息，反而是幾乎沒怎麼動手的沈洛年，輕輕鬆鬆地沒流一滴汗，就這麼飄了回來。

這樣打下去，應該沒什麼問題了吧？眾人雖然十分疲累，卻似乎都安心了。今日早上這一戰，雖不能有效擊退鑿齒大軍，但針對守城這部分，人類總算是佔了優勢。

而看著沈洛年飄過，不論識與不識，許多人都歡喜地對沈洛年揮手，那些目光中有敬意、有崇拜還有羨慕，過去充滿在許多人心中的排斥與懼念，不知什麼時候已經消失了，看著沈洛年的目光，彷彿看著歲安城的守護神一般。

媽的，別看了，我可不會替你們賣命！看著這些溫暖的目光，沈洛年有些渾身不自在，這些人對自己的態度，爲什麼改變得這麼迅速？這些傢伙，過去就這麼隨便地害怕、憎惡自己，如今又這麼隨便地崇拜、仰賴自己，也太自在了吧？

沈洛年不想和其他人多說，直接飛到那特別高的高台，在葉瑋珊身旁不遠落下。

此時葉瑋珊正和奇雅、賴一心、黃宗儒等人聚在一起低聲商議，看到沈洛年，眾人停下議論，露出笑容點了點頭，不過那笑容卻似乎有點沉重，不像下面大多數人這麼輕鬆，而葉瑋珊打過招呼後，正對輕疾通訊網下命令：「對方不知道什麼時候會繼續攻擊，各小隊馬上排班輪流休息，爭取時間進食。」這才關閉了通訊網。

沈洛年走近，看看四人說：「怎麼了？」

眾人彼此望了望，葉瑋珊低聲說：「息壤磚早就不夠了，製造也來不及，現在是從別的城牆拆來補。」

「啥？」沈洛年吃了一驚，但仔細一想，卻也不能說意外，鑿齒的巨木會不夠，人類的息壤磚當然也會不夠，沈洛年頓了頓說：「城牆這麼長，拆一點沒關係吧？」

「還好對方只攻南城。」葉瑋珊擔心地說：「但是拆牆不能亂拆，而且加上搬運的工夫，速度快不起來……鑿齒現在撤退，就是知道沒有巨木攻不下歲安城，下午他們若不全軍撤退，恐怕將會運來足量的巨木，到時候不知道還能不能頂住。」

「只能在露出破綻前，盡快破壞掉那些攻城木。」黃宗儒遙望城南說：「還好這些妖怪似乎不善於製造器械，否則要是推出幾台巨石攻城車之類的東西，那可麻煩了。」

「總之現在可以休息片刻。」葉瑋珊輕噓一口氣說：「洛年，早上辛苦你了。」

「我沒做什麼。」沈洛年搖頭。

「宗儒。」奇雅突然開口說：「瑪蓮要我告訴你，小睿受傷了。」

黃宗儒一怔說：「嚴重嗎？」

奇雅搖頭說：「左肩被刑天用盾牌聚力撞傷，稍微影響戰鬥力，不算太嚴重。」

黃宗儒鬆了一口氣，望向葉瑋珊說：「宗長，沒事的話，我去看看她。」

葉瑋珊微笑點頭說：「快去。」

黃宗儒正要往南縱向其他高台，突然一怔說：「怎……怎麼又來了？這……這樣不對吧？」

眾人聞言轉頭，卻見城南外，鑿齒居然又開始整隊，這次不知爲何卻分成六隊，而隊伍中卻沒有半根巨木，不知道他們做何打算。

賴一心詫異地說：「他們打算用斧頭和矛挖嗎？還是打算直接衝入城？」

奇雅搖頭說：「若直接入城，還沒能越過城牆，就會被槍砲殺光。」

「那這是怎麼回事？」葉瑋珊望了望沈洛年，又望向城南外的田野，這還是她今日第一次搞不清楚鑿齒的目的。

「難道他們以爲分成六隊，我們就來不及修復城牆了？」黃宗儒皺眉說。

「那也要有攻城木吧？」葉瑋珊蹙眉說。

「無論對方打算用什麼手段，總之即將攻城。」賴一心插口說：「瑋珊，別忘了通知大家準備。」

「對。」葉瑋珊回過神，連忙開啓各通訊網，讓才剛要休息的部隊又動員起來。

眾人聽到消息，難免怨聲載道，一面痛罵鑿齒，一面移動到各自的配屬地區，當千羽部隊、轉仙部隊與槍隊都準備妥當時，鑿齒大軍也分成六條路線，正緩緩地往南面城牆推進。

過去鑿齒大軍攻擊，都是一面大聲呼嘯，一面大群狂奔而來，慢慢往前移動還是第一次見到，不少本來在埋怨的人們，漸漸也感覺到整個氣氛不對，逐漸安靜了下來。

眾人正擔憂的時候，沈洛年目光一凝，突然說：「我知道爲什麼分六隊。」

賴一心開口說：「爲什麼？」

沈洛年說：「那六個大刑天，混在那六隊的刑天裡面。」

葉瑋珊一怔，轉頭往南望，果然在森林北端，沒看到那幾個體型高大的刑天，但在這六隊中也沒見到啊？她正狐疑，沈洛年已接著說：「他們都變成和一般刑天體積差不多大小了……在這種道息不足的環境中，變這種體型可能比較容易發揮。」

「他們難道想躲在隊伍裡面暗算人？」黃宗儒沉吟說：「目標說不定是洛年，洛年守城的能力，幾乎等於我們整城的戰力，若傷了洛年，歲安城馬上就會淪陷。」

「就算到了這兒，他們的妖炁還是比別的刑天明顯。」沈洛年搖頭說：「想偷襲我的話，該想辦法隱藏起來才是。」

這時六隊鑿齒大軍，在城牆南方百公尺外突然停下，那六名刑天從隊伍中緩緩走出，站在隊伍前方，他們目光掃過城牆後高台上數萬人，又看著城牆，不知做何打算。

「靠！那六隻要玩單挑嗎？」瑪蓮的聲音突然從耳中出現：「報告宗長！記得算我一份。」

「瑪蓮妳別胡鬧，打不過的。」奇雅低聲罵：「那是大型的刑天！他們縮小了。」

「眞的？」瑪蓮頓了頓才說：「在這城裡面，感應能力不大靈光……他們來幹嘛？」

「難道眞是來找人單挑的嗎？這個……」賴一心眼睛放光，似乎頗有興趣。

「一心！」葉瑋珊頓足說：「就算是洛年也未必打得過，你想上去送死嗎？」

沈洛年卻搖了搖頭，賴一心其實未必不如自己，不過在這種特殊環境裡面，確實自己比較有優勢，就算面對那種強大的刑天，一對一也頗有希望……問題是後面那千萬名鑿齒，若圍上來自己可頂不住，而那兒離城牆有段距離，大刑天該能激出妖炁驅散白霧，既然不能靠牛精旗護身，可不能隨便出手。

眾人胡猜時，那六名刑天突然毫無預警地點地前衝，高速騰掠過數十公尺，在離城十餘公尺遠處，從空中連續揮動巨斧，一道道強大妖炁瞬間脫斧而出，直轟城牆，每一斧都深陷入牆，炸開大片泥塊，只聽轟隆隆連響，各處城牆不但往內崩入，還從上而下裂碎，那一道道近一公尺深的裂口，交錯影響，崩出一排好大的凹陷。

六名刑天只一瞬間就揮完斧頭，落地即點地急退，倏然又退回了百餘公尺外，穩穩站在隊伍之前。

這是怎麼回事？城內所有人都驚呆了，一時誰也說不出話來。

沈洛年畢竟感應得清楚，他已經了解，對方藉高速接近減緩妖炁散失的比率，趁體內仍存有妖炁馬上全力轟擊，那剎那的威力，就彷彿蚪龍飛天攻擊一般，以他們的強大妖炁，這以壓縮土堆成的城牆，自然抵擋不住。

沈洛年想了想說：「城牆快不行了，就算我下去，也只能守住一個地方……不過他們怎不合力突破？一下就可以轟出一個缺口。」

賴一心也正思索著，他沉吟說：「他們若只打開一個小缺口，和爬入城牆的意思差不多，想讓鑿齒入城還具有戰力，就得開好幾個夠寬的大口……他們還是怕你攔阻，所以分六面同時破城。」

「大刑天站在那兒，部隊出城也打不過……沒法守了。」黃宗儒目光一凝說：「宗長，要不要先分派斷後部隊？」

終於到了這一刻嗎？下令逃跑嗎？一般人民都不管了嗎？葉瑋珊心中一片茫然，四面望了望，她望著下方的萬餘名槍隊、望向正協助搬運息壤磚的城內居民，再將目光掃過城內大片堪稱粗陋的房宅，那兒還有幾十萬躲在家中祈禱的老弱婦孺，把他們都扔下嗎？

「他們……」葉瑋珊遲疑地說：「一定沒想到，我們會放棄他們。」

沈洛年感受著葉瑋珊的情緒，又順著葉瑋珊的目光，望向下方的人們。他心裡有數，葉瑋珊理智上知道現在應該撤退，但這命令一下，就等於放棄了滿城人民的性命，她就算想說，卻也說不出口。

等會兒自己可得先閃遠些，這種純粹屠殺的場景，看多了說不定腦袋又會故障，到時候衝下去送死可吃虧了。

這時率領著部分轉仙部隊的呂緣海、狄靜等十餘人，從下方奔了上來，對葉瑋珊說：「會長？妳還在等什麼？已經沒辦法了啊！此時正是下令轉仙部隊往城東走的時機。」

瑪蓮、吳配睿等人似乎也耐不住，跟著跑了上來，他們擠入人堆，瑪蓮哇哇叫說：「怎麼突然不下命令？城牆快破了！大家都在等耶。」

就在這時，那六名刑天已引入足夠妖炁，又是一個騰身往前，轟隆隆一陣巨響，城牆又崩了一公尺深，眼看刑天再出手幾次，這花了不知多少人心血蓋起來的城牆，恐怕就要出現六個大洞，到那時，鑿齒就會大舉衝入歲安城，就算這時不衝，說不定六個洞轉眼就變成十二或十八個洞，那時也是非衝不可。

「會長？」呂緣海忍不住說：「若妳還下不了決心，我得率總門部隊離開了。」

「離開？跑哪兒去？」瑪蓮還沒進入狀況，想想才突然明白，她詫異地說：「咦！我們打不過了嗎？宗長？」

葉瑋珊深吸一口氣說：「準備從城東撤退。」

「撤退？」不知道什麼時候也站在一旁的張士科，忍不住怒聲說：「一般人怎麼辦？他們怎麼撤得出去？」

「你凶什麼！」瑪蓮瞪眼說：「有辦法就說啊！批評誰不會？」

張士科一怔，長嘆一口氣說：「當初爲什麼要趕走虯龍？這幾十萬人民……實在太可憐了。」

葉瑋珊眼眶微紅，咬著牙說：「這件事由我負全責，白宗會領引仙部隊斷後。」

媽的，這笨女人說不定會爲此事懊悔一輩子，早知道當時就不拱她當什麼會長，而且這滿城的人……當初花了這麼多工夫，就這樣讓他們死光嗎？沈洛年想來想去，終於嘖了一聲說：「媽的！等等。」

葉瑋珊一怔，驚喜地抬頭說：「洛年，還……還有辦法嗎？」

眾人目光都集中了過來，雖然眼前情勢嚴峻，但這兩日沈洛年已經展現了不少奇蹟，他若說有辦法，說不定眞能解決。

「我從沒試過這方法，不知道行不行，安靜一下。」沈洛年確實還有個一直不想用的辦法，他走到高台南端，望著城南微微閉目，站在那兒不動。

「洛年在幹嘛？」左肩綁著繃帶的吳配睿忍不住低聲說。

「不知道。」瑪蓮低聲說。

那姓沈的凶惡小子在弄什麼玄虛？呂緣海看不出所以然來，湊到葉瑋珊身旁說：「會長，我們一面做準備如何？請下令讓部隊調到城東，免得城破時和鑿齒大軍纏上。」

葉瑋珊卻搖頭說：「洛年說走才走。」

呂緣海一怔說：「萬一沒用呢……不久後城就會破了，到時若纏戰起來，恐怕會損失一半以上的戰力，這……」

「吵死了。」瑪蓮忍不住瞪眼：「洛年說要安靜，你這老頭吵什麼？」

呂緣海沒想到瑪蓮居然對自己無禮，心中憤怒，卻又不敢發作，正打算偷偷下台，聚集親信逃命，突然有個千羽部隊的女孩驚呼一聲說：「那是什麼？」

這可把大家都嚇了一跳，她身旁人忙問：「怎麼了？」

「你看東南森林那兒。」女孩說。

眾人還沒望過去，突然下方傳來一片譁然，似乎有許多人正在驚呼，還傳來開槍的聲音，這時大夥兒沒空看東南，人人目光往下搜尋，卻又不知怎麼回事。

「瑋珊，叫大家稍安勿躁。」沈洛年說：「不用害怕，不要開槍！」

葉瑋珊一頭霧水之餘，一面下令，一面聽各方傳來的報告，她聽完之後，詫異地說：「洛年……那是你弄的嗎？」

「什麼啊？宗長？」瑪蓮叫。

葉瑋珊遲疑了一下才說：「有人報告，堆放屍體的地方，有幾百個鑿齒屍體突然爬起來，翻出城牆外……都是乾屍。」

「對啊，屍體會動。」剛剛那個千羽部隊的女孩也叫：「我剛看到東南墳場，有東西從墳墓爬出來啊！」

「墳場？」眾人這角度看不到翻出城牆外的鑿齒乾屍，目光同時往東南方林旁墳場望去，果然看到百餘名身上覆著土壤的人類乾屍，正穿出墳場旁的疏林，快速向歲安城奔。

呂緣海望著那兒，突然在人群中看到一個奔在隊伍前方的枯瘦光頭乾屍，不禁瞪大眼睛說：「那不是……死掉的高老哥嗎？」

那些人正是當初被沈洛年以闇靈之力，化爲骨靈的百餘名總門部隊，此時在身爲屍靈之王的沈洛年召喚下，紛紛從泥土中爬出，奔到歲安城外，與那幾百名鑿齒骨靈會合。

狄靜看到高輝的屍體突然僵直著身軀，跳出墳墓亂跑，可也大吃一驚。她愣了愣，忍不住望著沈洛年罵：「你……你果然有鬼……你對他們做了什麼？你到底是什麼鬼物？」

這話一說，眾人看著沈洛年的神態立即產生了變化，白宗眾人不禁想起那晚沈洛年全身黑氣、彷彿鬼魅的模樣，雖然時值正午、烈日當空，眾人心中還是不免發寒。

從這一刻起，那些欽慕的目光應該都會消失了吧？沈洛年不想解釋，只淡淡地說：「這些屍體，會幫你們守城。」話聲一落，沈洛年不等眾人回話，轉頭往外飄出。

鑿齒大軍自然也注意到這狀況，當看到城牆受損處分布著眾多骨靈，不免一陣混亂，眼前若有旱魃或殭屍，可不是好玩的，那六名刑天吃驚之餘，顧不得繼續攻城，領著大軍後退了百餘公尺，觀察狀況。

沈洛年今日沒什麼時間製造骨靈，這些鑿齒大多都是昨日在戰陣中偷殺製成，加一加總數約有五百，再加上那百多個人類骨靈，就有六百多名，這些骨靈散布在六個城牆凹陷處站著不動，沈洛年則飄在城牆上方，等待變化。

「洛年！」葉瑋珊的聲音，透過白宗通訊網傳了過來，她問：「幹嘛跑這麼快？」

「免得惹人嫌。」沈洛年說：「我和這些骨靈有關，妳不怕嗎？」

「能守城救人就好。」葉瑋珊說：「我才不管你和什麼妖魔鬼怪有關！」

「對啊！」瑪蓮跟著叫：「那叫骨靈嗎？名字不難聽啊……雖然有點恐怖，洛年，我問一下，那是活的還是死的啊？」

「死人。」沈洛年說。

「那怎麼會動？」這是吳配睿，她聲音中雖透出畏懼，但緊跟著又說：「洛年，我怕會動的死人，可是不會討厭你喔。」

「我們早就沒把你當人了啦。」張志文笑說：「你是採花邪神，神仙會控制屍體也沒什麼奇怪的。」

「對啊。」侯添良也笑著說。

沈洛年心頭微微一暖，雖然大部分人會因不同的事情而改變對自己的態度，但仍有一些人不會……想到這兒，沈洛年嘆口氣說：「有沒有用還不知道，你們還是準備著。」

「好。」葉瑋珊頓了頓說：「你也小心。」

「嗯。」沈洛年目光轉回，看著那六名刑天，不知道對方會怎麼反應。

那六名領頭的刑天，聚集討論片刻，似乎有了共識，其中一隻刑天，突然往前急衝，一樣奔到十餘公尺外快速揮斧，跟著一道炁勁破空而出，對著城牆前方那群骨靈揮去。

骨靈不存靈智，只能接受很簡單的命令，這時他們接受了保護城牆的指示，眼見炁息破空而來，最外圍的一名骨靈，突然僵直地躍起，用身體擋下這波炁息。

這波妖炁，馬上轟入骨靈胸膛，轟然聲中，骨靈胸口下凹，往後飛翻摔到其他骨靈身上，和兩、三個骨靈撞成一團，但骨靈本就是死物，只靠闇靈之力驅動，他也不管胸口如何變形，一點也不在乎地又跳了起來。

似乎是擋得住？看到這狀況，沈洛年鬆了一口氣，骨靈雖是最低級的屍靈，但在這息壤城牆旁，總算還有點功效，反正這些本就是死人，被打爛了也無所謂。

刑天、鑿齒和其他妖族素來相處不善，對旱魃、殭屍、骨靈的傳說不算太了解，但也知道一些基本知識，眼看骨靈群中並沒有傳說中旱魃或殭屍模樣的異物坐鎮，倒也沒什麼好怕，既然這些骨靈會擋破空炁勁，將他們毀了便是。當下刑天一聲令下，派出近萬鑿齒分成六隊，對著那六百多名骨靈殺去。

近萬鑿齒對付六百個屍靈國度中最低級的骨靈，按理該在一瞬間分出勝負，但在息壤城牆邊，對炁息所存無幾的鑿齒和刑天來說，骨靈攻擊力還比轉仙者高，只略遜於刑天，而骨靈不只不怕死，也不會因肉體受傷而稍有遲疑，在一陣激烈而快速的纏鬥之後，骨靈毀損了兩百餘名，但卻倒下了千餘鑿齒。

而打得越久，鑿齒、刑天的炁息消散得越多，更打不過骨靈，當下刑天一聲呼嘯，把大軍撤回百公尺外，讓他們補充炁息。

沈洛年這時卻也豁出去了，見對方撤退，當下他飄下屍堆，快速尋找沒死透的負傷鑿齒下手，只見一片片白霧騰起，片刻後，一具具化爲乾屍的新鮮骨靈從地上爬起，加入守城陣營。

那幾名強大刑天見狀大吃一驚，紛紛衝近揮動斧頭攻擊沈洛年。沈洛年這時沒空理會，道息泛出體表，化散那一道道妖炁，繼續尋找其他還有氣息的鑿齒，一面瞄了那些大刑天幾眼，他們若是敢在息壤城牆附近停留，馬上讓骨靈一擁而上，自己則趁隙攻擊，應能順便宰了對方。

不過刑天卻不上當，見妖炁沒用，驚疑之間，又退了回去，而沈洛年整個戰場巡行過之後，又補入了百多名骨靈，使得骨靈人數恢復到五百多。

沈洛年剛飄回城牆上，葉瑋珊飄到身旁落下，開口說：「洛年，對方衝來時，要不要我們派部隊出城幫忙？」

「不行。」沈洛年說：「骨靈沒什麼靈智，只靠闇靈氣息分辨敵我，會殺錯人。」

「那……」葉瑋珊頓了頓說：「對方若派大軍攻擊，要不要讓骨靈逃入城中？等對方以妖炁攻擊城牆時，才讓骨靈防守？」

「這樣的命令太複雜。」沈洛年搖頭。

「我們都幫不上忙嗎？」葉瑋珊說：「這樣骨靈豈不是會越來越少？」

「下次他們再來，我也下去混戰。」沈洛年說：「順利的話會變多，妳趁著空隙，快派人修牆就是了。」

「我知道。」葉瑋珊沉吟了一下又說：「到時千羽部隊也在空中助攻如何？我們盡量只讓對方失去行動力……這種該比較合你用吧？」

「也好。」沈洛年想了想說：「不過骨靈只在城牆旁有用，若往外衝出去，恐怕連鑿齒都打不過，就算守住，還是沒法驅趕對方，得想別的辦法。」

「他們調整戰術的速度一直很快，說不定已經想到了我們的計畫。」葉瑋珊見刑天聚在一起商議，似乎拿不定主義，高興地說：「這樣也好，只要他們發現怎樣都打不進來，總會撤退的……如果這城能保住，都是你的功勞。」

「功勞有啥屁用……」沈洛年說到這兒，突然輕咦了一聲，向著西方看去。

「怎麼了？」葉瑋珊問。

同一時間，刑天那端也突然騷動起來，忽然有十餘名刑天領著數萬鑿齒大軍，一路往西北方向走，似乎打算繞到城西。

「瑋珊，妳快派人去城西看看。」沈洛年說：「有一大群妖怪，似乎正從攔妖河上岸，好像和城西鑿齒打起來了，鑿齒不是對手。」

「難道有援軍？我親自去看。」葉瑋珊大喜，一面開啓各通訊網，一面御炁飄身落地，快速向城西飄掠。

眞是援軍嗎？什麼妖怪會來幫忙？那股妖炁並不會太陌生，雖想不起是什麼妖怪，但自己過去一定碰過……可是自己認識的大群妖族，和人類有交情的只有牛頭人、鶴鴕族，頂多再加個寓鼠族，感覺上並不是這三種妖炁，卻不知道來的是誰？

迷惑的不只是沈洛年，鑿齒那端也紛亂著，似乎正準備把全部的部隊往那兒帶，過了片刻，葉瑋珊的聲音從耳中傳出：「洛年！」

「是？」沈洛年馬上說：「來的是什麼妖怪？」

「是……是狼人啊，你不是說狼人是敵人嗎？」葉瑋珊疑惑地說：「他們和鑿齒打起來了呢，雖然人數不多，卻把城西那一萬鑿齒打得往後逃，後來刑天領著部隊加入戰局，才穩住了陣腳。」

這怎麼回事？莫非不是犬戎族？沈洛年還沒想通，葉瑋珊又說：「咦……好像不打了？」

「怎麼？」沈洛年忍不住擔心，但又不敢離開城南，索性往空中飄飛，到高處遠眺，這樣東南西北盡收眼底，不會看漏了哪兒。

沈洛年望過去，剛從攔妖河上岸的那幾千名狼頭人身妖怪，確實是自己當初見過的犬戎族，河岸旁好幾十艘造型古怪的大型長槳舟，應該就是他們使用的船隻；此時河岸附近躺了不少鑿齒的屍首，顯現出剛剛戰況的激烈，不過此時鑿齒和犬戎族似已止戰，兩方首領隔了一段距離，不知正說些什麼。

「瑋珊。」沈洛年說：「莫非是鑿齒先出手？」

「對。」葉瑋珊說：「洛年，你的意思是……？」

「狼人該也是爲了剿滅人類來的，剛剛打起來只是誤會。」沈洛年嘆口氣說：「祈禱他們別合作吧。」

「不會吧？」葉瑋珊大吃一驚。

不會嗎？沈洛年遙望著那方，卻見兩方談了一段時間後，似乎找到了共識，鑿齒部隊領著狼人，向著城南走。

片刻後，犬戎族與鑿齒大軍在城南分據一區，兩方隊伍雖未合流，但首領群卻聚在一起，正指著城南這兒的骨靈指指點點，看樣子兩方合作，已成定局。

沈洛年不禁暗暗叫苦，鑿齒和大部分妖族沒有交情，讓他們看到骨靈也就罷了，但給犬戎族看到，萬一他們啓動什麼通報系統，再過個半日，豈不是全天下妖怪都要殺來了？

ISLAND

尊伏之氣

眼看狀況不妙，葉瑋珊再度從西城趕回，她飄上城頭與沈洛年會合，一面問：「洛年，狼人很強嗎？」

「一般狼人不比牛頭人差，更有不少高手超越刑天……」沈洛年頓了頓說：「上次我遇到的壺谷族長，還比大刑天稍強一籌，這批狼人數量雖少，恐怕戰力比鑿齒大軍還高。」

「那……」葉瑋珊遲疑地說：「還能頂得住嗎？」

「不知道。」沈洛年頓了頓說：「反正只要他們派人來殺骨靈，我就會下去，靠著這城牆，該可以撐一段時間。」

葉瑋珊正想開口，突然一怔說：「他們上前了……這次不派部隊？」

沈洛年也看到了，除了那六隻刑天，還有三隻狼人跟著走了出來。沈洛年見狀不禁皺眉罵：「又要變花樣了？每次都換招式，煩不煩啊！」

「因為每一招都被你破解了啊。」葉瑋珊苦笑說：「當然會換方法。」

沈洛年正想開口，卻見一隻強大刑天正往城牆衝，同時快速揮動斧頭，揮出一連串狂猛妖炁，最外側的幾名骨靈不待吩咐，馬上正面迎上，但這可不是剛剛那試驗般的一下輕擊，而是攻城般地連續猛擊，幾道妖炁連續轟上那些骨靈身軀，其中兩隻骨靈受力最大，終於承受不住，身軀爆散斷成數截，滾在地上爬動。

不會吧？他們決定用這種笨方法嗎？一隻隻殺？沈洛年瞪大眼往外看，卻見刑天和狼人們討論了片刻，這九名隊伍中的強者輪番衝出，刑天自然用斧頭，而狼人則是揮動著巨爪，全力對骨靈們遙發炁勁轟擊，骨靈若不擋，自然是城牆遭殃，沈洛年只好看著骨靈以軀體應付這些妖炁，慢慢地一個個被擊散。

雖說對方每一次引炁都要一些時間，但只要幾個小時過去，骨靈還是會死光……死光之後，如何阻止對方轟擊城牆？城牆一破，這城不就完了？葉瑋珊倒抽一口涼氣說：「怎辦？」

沈洛年停了幾秒之後才說：「不知道。」

葉瑋珊靜默片刻，再確定一次所有通訊網都已經關閉，這才嘆了一口氣說：「我這就去準備撤軍，洛年，我一會兒讓小純、杜勒斯來找你。」

「幹嘛要那兩個小鬼來找我？」沈洛年皺眉說。

「我怕你忘了逃。」葉瑋珊望著沈洛年說：「斷後的事，你就別管了，你對宇定高原比較熟，幫舅媽他們領路好嗎？」

真的只能這樣嗎？沈洛年緊皺著眉頭，只聽葉瑋珊又說：「這城太大、人太多，實在沒辦法……日後只剩下幾千人，有你看顧的話，應該可以保全，你以後若有空，幫我照顧一下舅媽、舅舅……還有，你能幫忙把賴媽媽和吳媽媽帶走嗎？」

媽啦！連賴一心和吳配睿的老娘也要我顧？這是在交代後事嗎？沈洛年皺眉說：「若只有鑿齒和刑天也就算了，現在還加上狼人……斷後的人死定了，我看白宗還是衝前面逃命比較好，讓那些跑得慢的斷後吧。」

葉瑋珊搖搖頭：「不能這樣，會落到這種局面，我得負責。」

「妳負什麼責？打仗打不贏怪誰？」沈洛年瞪眼說：「會長是我拱妳上去的，虯龍也是我趕跑的，我責任還大一點。」

葉瑋珊嫣然笑說：「你會做出這些事，不都是爲了我嗎？」

沈洛年倒沒想到葉瑋珊會這麼說，一陣尷尬後，他惱羞成怒地說：「沒錯，就是妳害我忙了這麼久！到最後若還讓妳死了，媽的，我這一年不是白忙了？」

葉瑋珊莞爾而笑，微微搖頭，輕聲說：「謝謝你爲我做的一切，若眞有來生，希望還能與你相識……我去安排撤退了，你保重。」

媽啦！來生？想做什麼這輩子一次做完成不成？沈洛年一咬牙說：「等等，也許還有個辦法。」

葉瑋珊一怔，看著沈洛年表情，詫異地說：「還有辦法？你……你怎不早說！」說到這兒，她臉蛋終於微微紅了起來。

沈洛年也有點尷尬，他揮手說：「先讓我……算命看看，妳去準備撤退，我有了決定再告訴妳。」

葉瑋珊這時顧不得害臊，這城中三十多萬人的性命就在沈洛年一念之間，她忙說：「決定了用輕疾告訴我。」

沈洛年點點頭，目送著葉瑋珊離開，這才回頭往城外看，見那幾個領頭的刑天、狼人仍在輪流破壞骨靈，他低聲說：「輕疾。」

「是？」輕疾應聲。

「這件事情，我想先告訴你……很抱歉，我必須放棄當初和你的約定。」沈洛年望著前方說：「我等會兒會帶著骨靈，使用闇靈之力衝入鑿齒部隊中，大量製造殭屍，這兒畢竟道息不足，我現在體內闇靈之力又增加不少……他們阻止不了我。」

「你當著犬戎族面前製造殭屍，到時候想藉著鳳靈能力狡辯也沒辦法，一輩子都會被妖仙追殺。」輕疾說：「你不想見仙狐懷眞了嗎？」

「當然想，不知道那臭狐狸現在如何了？」沈洛年腦海中浮現懷眞那有點調皮的笑容，心中一暖，想想又說：「但沒辦法，讓這城中的人和白宗人都死光似乎不大對勁……等殺光這些妖怪，我會殺了殭屍，然後盡快躲起來，反正我沒炁息，天下哪兒不能躲？」

「殭屍、旱魃雖會服從屍靈之王的命令，但牽涉到性命時，還是有可能抗命逃跑。」輕疾說：「萬一脫逃一隻，天下就可能陷入劫難了。」

「眞的嗎？」沈洛年抓抓頭說：「那我先把他們騙去個山洞之類的地方，再動手殺光。」

「還是不保險。」輕疾說：「我有別的建議。」

「嗄？」沈洛年吃驚地說：「你有辦法怎不早說？」

「我雖然會回答你問題，但不該主動提供你建議。」輕疾頓了頓，帶著三分無奈地說：「這次是沒辦法，所以破例。」

沈洛年倒可以理解，輕疾……或者說后土，協助自己的唯一原因就是阻止自己製造殭屍，此時再不協助，眼看殭屍就要量產，他也不得不破例，當下高興地說：「你快說，有辦法的話，我也不想製造殭屍啊！」

「雖說是破例，但其實方法你都知道，只是沒想到。」輕疾說：「對方要殺光骨靈才敢攻城，你只要從城內持續補充就好了，時間一長，對方只能退兵。」

「什麼叫城內補充？」沈洛年詫異地說。

「城內不是很多人類嗎？」輕疾說：「先多製造個一千骨靈，對方可能就會放棄了。」

「媽啦！」沈洛年詫異地說：「這什麼爛辦法？你要我隨便殺一千人？」

輕疾淡淡地說：「殺一千人，可以救三十多萬人。」

這種說法沈洛年倒是可以接受，上次爲了牛頭人和鶴鴕族的數萬性命，他就差點動手殺人，只不過恰好遇到羅紅等人化解了那次的衝突……殺一千人嗎？可不少呢，從哪兒開始殺？沈洛年回過頭，看著城牆下方那一張張帶著惶恐表情的臉孔，微微皺起眉頭。

自己若是回頭殺人，城內馬上會天下大亂吧？那個熱血笨蛋賴一心說不定會拿著黑矛來跟自己拚命。媽的！到時候葉瑋珊、瑪蓮她們會幫誰？沈洛年目光轉向那特高台，望向正一臉期待、凝視自己的白宗等人，他嘆了一口氣，轉身望著城南說：「算了，到時候城內反而先打成一團，你這辦法不好，我還是殺出去製造殭屍……幫我聯繫瑋珊，我通知她一聲。」

「且慢，你不喜歡那辦法……我還有第二方案。」輕疾說。

「喂！你一次說完成不成？還有什麼辦法？」沈洛年不免有些意外，輕疾辦法怎會這麼多，自己卻一個都想不出來，自己當眞這麼笨嗎？

「站在隊伍之前的那九人，應該就是鑿齒和犬戎族的領袖人物。」輕疾說：「若能殺了他們，兩軍應該會崩散，就算不散，也無力攻城。」

「他們很強耶，誰有辦法殺了他們？」沈洛年詫異地說：「你的本尊要親自出手嗎？」

「不，后土不能出面干涉。」輕疾說：「你去殺。」

「媽的，你想騙我去送死就對了？」沈洛年忍不住罵：「我沒這麼笨！」

「你誤會了。」輕疾說：「這樣衝去當然不行，要讓金犀匕出鞘。」

「金犀匕出鞘？」經過這麼久，沈洛年幾乎已完全忘了這件事，一下子有點反應不過來。

輕疾接著說：「金犀匕無堅不摧，你又具有道息護體，不怕任何遠距妖炁，只要金犀匕在手，除少數天仙、上仙外，可說天下無敵，就算想殺光眼前這十幾萬人也不難。」

眞有這麼猛？沈洛年說：「懷眞說要很大的炁息才能打開，凱布利的妖炁根本不夠，我催了多久都沒用。」

「確實，金犀匕開啓，需要瞬間大量炁息催入活化精體，不能慢慢累積。」輕疾說：「但仍非不可能……我已估算過，只要請葉瑋珊、奇雅、白玄藍三位，將過去累積儲存在玄界之炁息，同時催出最大量灌注，應能順利開啓。」

媽的，果然沒想到這招！沈洛年大喜說：「出鞘眞能殺退這些傢伙？你不是騙我去送死？」

「若是不能，你只要使用闇靈之力，他們也沒法馬上殺了你，一樣可以製造殭屍。」輕疾說：「當然，我更不希望這種事情發生。」

也對，自己如今體內的闇靈之力可充沛得很，在這息壤山區，正適合欺負妖怪，既然要找她們三人幫忙……沈洛年一轉念，飄身而起，朝特高台飛去。

葉瑋珊、白玄藍、奇雅三人，這時都在高台上，這些決策中心的人物，都已經知道形勢的嚴峻，也知道最後仍要看沈洛年有沒有新辦法，當然，除三人之外，賴一心、瑪蓮等其他白宗人也都聚集在這兒，一來這兒道息豐沛，最爲舒服；二來現在反正也不能出城，眾人自然擠在這兒等消息。

見到沈洛年突然飛來，眾人馬上擁上，其實不只白宗眾人，連呂緣海、狄靜、張士科、陳青等人，都忍不住在附近旁聽，畢竟沈洛年接下來說的話，將決定整城人民的性命。

沈洛年看眼前眾人擠成一團，臉上都是期待，不禁有點荒謬的感覺，實在搞不懂，爲什麼到了這種最後關頭，都是自己在忙？沈洛年望著眾人，點頭苦笑說：「有辦法。」

「太好了！」眾人鬆了一口氣，紛紛問：「什麼辦法。」

「我需要幾個人的幫忙。」沈洛年往人圈外走，一面說：「瑋珊、奇雅、藍姊，過來一下好嗎？」

看樣子沈洛年不想對眾人說，大夥兒也不敢厚著臉皮湊過去，只遠遠偷瞧。

「蚊子、蚊子。」瑪蓮閒著沒事，抓過張志文，勒著他脖子低聲說：「你快想！洛年要怎麼救大家？爲什麼要奇雅她們幫忙？」

「阿姊，我怎會知道啊？」張志文被這麼勒著其實很樂意，但卻回答不出這問題。

「你不是總說自己比我聰明嗎？沒用！」瑪蓮也不鬆手，就這麼搥了張志文腦門兩下。

張志文喘了兩口氣說：「這……想想共通點吧，她們都是發散型的？」

「對。」瑪蓮點頭說：「可是發散型也不只她們三個，還有呢？」

「呃……」張志文說：「都是美女？」

瑪蓮瞪大眼睛說：「和這有關嗎？」

「應該沒關係吧，不然怎麼會少了阿姊。」張志文嘻皮笑臉地說。

「去你的，這時候還胡說八道，揍死你。」瑪蓮忍不住又搥了兩下。

「痛、痛……我開玩笑的啦。」張志文確實有幾分小聰明，他揉著腦袋，壓低聲音說：

「莫非因爲她們都會道咒之術？」

瑪蓮一怔，推開張志文點頭說：「有道理，說不定眞和這事有關。」

不勒了？張志文倒有點失望，站在一旁乾笑說：「阿姊等會兒問奇雅不就好了？幹嘛這麼急。」

「笨蛋，我是怕奇雅有危險。」瑪蓮哼了一聲說：「如果是爲了道咒之術，大概不會有事。」

另一面，葉瑋珊、白玄藍和奇雅剛聽完沈洛年的簡略解釋，三人對視一眼，都直接點了點頭。

沈洛年反而有些意外，她們怎麼連問也不問一句？沈洛年說：「都沒問題？」

奇雅開口說：「把我們存在玄界的炁息以最快速度灌入你的武器，就可以趕跑那些妖怪，對吧？」

「對。」沈洛年頓了頓，愣愣地說：「我意思是，妳們不問我為什麼可以辦到嗎？那些炁息妳們存了很久吧？」

三女聞言相視而笑，過了片刻，白玄藍才笑著開口說：「洛年，我們只能仰仗你已經很過意不去，怎麼還會有人不相信？說不說都無妨的。」

說的也是，若她們當真問個不停，自己反而會嫌煩。沈洛年笑了笑，當下取出金犀匕，準備進行輕疾的建議。

因金犀匕沒有護手匕顎之處，沈洛年左手捏握著柄脊之間，讓三女伸出左手接觸把手，而金犀匕握柄處實在不大，四人的手都放在上面，說實在還有點擠迫。

好不容易把位置安排妥當，沈洛年這才說：「妳們小心點，一有動靜就一起放開手。」畢竟沈洛年從沒用過出鞘的金犀匕，實在不知道威力多大。

白玄藍望望葉瑋珊和奇雅，微微一笑說：「那麼就開始了？」葉瑋珊和奇雅同時點頭，三女右手同時揮匕，開啟玄界之門，將過去儲存的炁息以最大輸出量，瞬間向著金犀匕內灌入。

三女這一動作，馬上感覺到金犀匕的不同，手中從玄界引回、催入的炁息，彷彿又被放到另外一個空間一般，送出就沒了蹤影。三女雖然有些狐疑，但此時除了相信沈洛年也沒有別的選擇，三女鼓起全力，源源不絕地將大量炁息往金犀匕握把處高速催送。

這一瞬間，突然四人掌心一震，卻見金犀匕的握柄和刀刃左右裂開，似乎有股力量想往左右彈，沈洛年一驚說：「快放手。」

三女一怔，同時斂炁鬆手，沈洛年右手連忙抓握柄端，此時金犀匕恰好往外一彈，出鞘半分，一股金色霞光從他指縫中泛出，炫亮奪目。

沈洛年還記得懷眞當初的交代，打開金犀匕之後，要盡快收入鞘中，否則會引來強大妖怪覬覦。他沒時間和三女多解釋，彈身飄起，往外急飛，一面說：「我去殺了那些領頭妖怪就回來。」向著城外飛衝出去。

眾人卻沒想到，沈洛年弄了半天的結果，居然是自己衝出去殺妖怪？葉瑋珊驚呼說：「洛年？」卻見沈洛年頭也不回，已經衝出城牆外。

□

沈洛年一面飛，輕疾在他耳中一面快速地說：「右手後收，將劍身往身後指，一面在心中指示匕身增長。」

上次看到懷眞使用，確實不像原來的長度，沈洛年收起那鋒利的劍鞘，心中一面胡亂嚷著「變長、變長、變長、變長」，口中一面說：「可以變多長？」

「最長約五公尺餘。」輕疾說：「小心使用，別揮到自己。」

五公尺？沒搞錯嗎？沈洛年一扭頭，果然自己身後拖著好長一條彷彿彗星尾巴的耀目金芒，沈洛年訝異地說：「不怕斷嗎？」

「放心。」輕疾說：「試試就知道。」

幾句對話之間，沈洛年已飛出百餘公尺，眼見敵人就在前方，他收起凱布利，點地急射，高速向對方接近。

刑天與狼人見沈洛年突然衝來，一瞬間都有點愕然，眾妖斧、爪齊揮，一道道妖炁往外飛射，對著沈洛年轟。

此時凱布利已收，不用顧忌對方妖炁襲擊，沈洛年道息護身，往前急飛，那一道道劈到身上的妖炁，及體前已化散消失。眼見沈洛年毫無阻滯地衝近，刑天與狼人一愣間，三面一分，斧、爪急揮間，帶著強大妖炁，分從不同角度攻了過來。

眼見距離已經夠近，沈洛年右臂前揮，耀目金芒劃過大片空間，對眼前的九個妖族殺去。

這一瞬間，三個刑天與一名狼人，眼見金光揮來，凝聚妖炁斧爪前揮硬抗，另五妖不明金芒何物，動作稍緩，往後微撤，想看清楚再說，當下不同性格決定了不同的命運，金芒揮過的同時，往前挺進的四名妖怪，斧、爪、身軀一瞬間平整地切成數截，妖炁散溢的同時，身軀滾轉在地，血液四面噴灑，而直到這一瞬間，倒地的妖怪才驚覺不妙，慘呼出聲。

果然像是切豆腐一樣毫無阻滯，不愧是萬年神物，沈洛年心中暗慄，正想趁勝追擊，但現實畢竟不如理想，雖然切得流暢快速，但那些切斷的斧身、盾牌、狼爪還有飛翻灑血的上半截身軀，依然保持著原先的路線，向著自己高速飛撞，就算可以變重撞開，身體可是軟的，這麼撞上去未必妥當，他當下開啓著時間能力，連續迅速點地移位，閃過這些飛空斷肢，這才向其他妖怪追擊。

但就這麼頓上兩頓，逃過一劫的三隻刑天、兩名狼人，已經退出了十餘公尺，其中一名狼人以犬戎語驚呼一聲：「金犀匕！」當下一轉頭，往狼人大隊奔逃。

逃跑的不只這名狼人，其他的狼人與刑天，也分別朝自己隊伍奔，而後方的狼人與鑿齒大隊，眼見自己將領受迫撤退，紛紛往前擁上支援。

沈洛年眼看狼人、刑天分兩面逃跑，不禁愣了愣，一瞬間不知該往哪兒追，但這時沒時間讓自己思索，更不能下次再殺，這匕首可不是說開就能開，剛剛不知已耗去葉瑋珊她們多少炁息，若重存得花上數日，歲安城可撐不到那個時候，今天非得把這些首領殺光不可！狼人雖強，但數量畢竟較少……沈洛年一轉念，彈身急掠，對鑿齒大軍衝去。

沈洛年點地飛掠的速度雖不算慢，卻也快不到哪兒，想追上逃命的刑天可不容易，何況大軍本就不遠，刑天幾個彈跳間，已衝入隊伍中，同時下令大軍前衝，想用人海戰術淹死沈洛年。

沈洛年看眼前冒出一大群鑿齒，這時也沒時間考慮該怎麼做，他金犀匕從右到左揮過，大片金色寒光閃動間，眼前數十名鑿齒霎時分成兩段，到處亂滾。

但就像剛剛一樣，往自己衝的敵人身體雖然聽話地分成兩半，卻依然毫不客氣地對著自己翻滾飛摔，沈洛年只好高躍蹦起，讓過這大片亂滾的屍塊，對某個最近的刑天首領飛掠。

這兒離城牆已有一大段距離，鑿齒體內妖炁較足，沈洛年一躍，周圍的鑿齒紛紛跟著御炁躍起攔截，一下子周圍都是敵人，遠看彷彿被包圍在鑿齒群中。

但金犀七的長度可是五公尺餘，蓋得稍矮的兩層樓高房宅，也不過這麼高而已，那耀目金芒，繞著沈洛年四面飛旋，周圍死傷無數，屍首滾倒的同時，大片血液噴散而出，地上的息壤土一時無法吸收，讓鮮血大片蔓延，淌流如川，正是血流成河。

鑿齒縱然凶殘，哪見過這種殺人法？一下子都愣在那兒，沈洛年周圍倏然空了下來。

往前一路殺嗎？正如輕疾所言，拿著神物金犀七，只要不怕手痠，殺光這些傢伙並不困難，但不管是活人或屍體，沒躺平之前都會擋路，這麼一路砍過去可快不起來，而且這種基層妖怪多殺無益，反而浪費時間……沈洛年心念一轉，以凱布利從空中騰起，直接飛衝向感應到的強大刑天。

在這環境中，鑿齒不大容易鼓出遠距妖炁，但一般刑天仍辦得到，當下刑天群巨斧連揮，一連串妖炁從四面八方轟來。沈洛年自己不怕，凱布利可受不了，沈洛年無可奈何，一收凱布利，又往鑿齒大軍中落了下去。

不殺不行嗎？沈洛年一咬牙，左手舉出牛精旗迎風急揮，白霧滾滾而出，向著四面八方蔓延。

鑿齒、刑天這兩天可受夠這霧了，連忙往外奔散，不過這正符合沈洛年的需要，敵人往外逃，代表砍斷的屍體不會再對著自己飛撞，沈洛年當下不再停步，對著刑天首領追去。

不過沈洛年跑得快，霧泛出的速度卻沒這麼快，若在一個小範圍中四處殺敵，白霧效果當然奇佳，但直線高速移動時，隱身的效用就降低不少，何況現在日正當中，白霧效果更低三分，沈洛年這一衝，周圍敵人看得清楚，又擠了上去。

媽的，眞得把這些鑿齒全殺光嗎？沈洛年火上心頭，這時顧不得金犀匕使用太久會不會引來強大妖怪，當下隨手亂揮，彷彿割草一般，將鑿齒部隊一大排一大排地砍倒，但敵人實在太多，看樣子一時三刻似乎砍不完。

而在歲安城那端，約莫一分鐘之前，眾人看沈洛年突然拖著一道耀目金光衝出去，自然是大吃一驚，直到看見他揮手間黃芒橫掃，倏然砍死了四名強敵，城內高台、城牆上數萬人同時看到這一幕，忍不住張大嘴，誰也發不出聲。

跟著就是刑天與狼人怪吼逃命，高速向著大軍奔逃，沈洛年則從後方拿著那古怪光華追擊的畫面，到了這一剎那，城中不知誰先開始，爆出好大的歡呼聲，都在替沈洛年加油。

但沈洛年畢竟還是沒能追上對方，眼見刑天躲入大軍之中，眾人正忍不住同聲惋惜時，卻見沈洛年居然就這麼直殺入鑿齒大軍，霎時鑿齒大軍翻翻滾滾地向著那兒猛擠，雖說他揮手間，鑿齒便一群群地死亡，但鑿齒卻仍毫不停歇地向他衝殺，最後終於逼得沈洛年放出白霧，可是白霧效果似乎又不怎麼見效，眼看著沈洛年就這麼陷入對方大軍之中，似乎被糾纏住了。

賴一心看著眼前局勢一瞬間變化萬千，先是驚呆，跟著狂喜，最後是擔憂，眼見沈洛年附近白霧亂滾，周圍滿是鑿齒大軍，更是看不清楚狀況，他忍不住大喊：「洛年被困住了！」他當下往外連續幾個飛縱，就這麼跳出城外。

葉瑋珊大吃一驚，忙喊：「一心？」

「去幫洛年！」賴一心回頭揮矛，挺胸大喊：「誰跟我去？」

「靠！」瑪蓮一聲大吼，也不知道是贊成還是罵人，只見她拔刀跟著往外衝，霎時張志文、吳配睿、侯添良等人跟著都跳了出去。

而賴一心確實具有一種奇怪的情緒渲染能力，他這一喊，一瞬間群情激憤，高台上的萬名轉仙部隊，有近兩千人忍不住跟著往外衝。葉瑋珊一愣，揚首眺望，見鑿齒大軍中央白霧忽起忽散，正亂成一團，刑天群不敢往中央接近，紛紛往外潰退，狼人更是領軍退得老遠。

似乎確實有機會，何況總不能讓賴一心在內的兩千人被鑿齒吞了……葉瑋珊權衡利害，一咬牙說：「小珠姊我們上！輕疾，開啓全部通訊網，轉仙部隊全軍突擊！剿滅鑿齒！」

這一聲令下，城內所有轉仙部隊全部往外衝，在賴一心等人領軍下，朝鑿齒大軍殺去。

鑿齒大軍只在數百公尺外，以轉仙者的速度來說，一晃眼的時間就能奔到，賴一心、瑪蓮、吳配睿、張志文、侯添良五人奔在最前端，五把武器同揮，彷彿一個銳利的刀口，破開鑿齒大軍，直衝了進去。

一般轉仙部隊本就強於鑿齒，何況戴著洛年之鏡的賴一心等人？這一領軍衝入，鑿齒立時陣腳大亂，圍在沈洛年身旁的鑿齒倏然少了不少，圍攻的陣式也鬆動了些。

沈洛年微微一怔，從妖炁感應，已發現人類大軍衝了過來，他不知道這件事是賴一心搞出來的，正覺意外，不明白葉瑋珊怎會冒這種風險，這時讓城內所有部隊衝出城外，萬一狼人趁隙攻城又該如何？

總之不能讓那些刑天首領加入戰局，連賴一心在內，恐怕沒人抵擋得住那種妖怪。沈洛年以凱布利騰起，四面一望，見狼人已退到西南河畔，正觀望著戰局，沈洛年心中暗下指令，讓那群骨靈部隊移到狼人與城牆之間，稍做防禦，若對方有異動，至少自己會先一步知道，做了這樣的安頓後，沈洛年這才繼續觀察這邊的戰況。

沈洛年卻不知道，當他拿著金犀匕出現後，狼人根本就不敢有任何動作，鑿齒十幾萬部隊砍起來還有點麻煩，狼人可只有來幾千人，若當時沈洛年是對著狼人衝，這幾千人可經不起金犀匕的屠殺，此時狼人還不撤退，只是抱著一線希望，想看戰局最後的發展。

至於鑿齒這一面，沈洛年目光搜尋著，發現一名刑天首領正在近百步外攻擊轉仙部隊，賴一心等人正吃力地抵禦著，周圍不斷有人翻倒，沈洛年當下飛空直進，往那名刑天後心直搠。

凱布利的妖炁本就不強，在這一片亂中更不易感應，這刑天把心思轉移到了殺人，也算他命數當盡，他正四面揮斧、威風暢快的同時，突然胸口一涼，見光不見影的耀目金芒從背心瞬間透入，跟著從胸口那雙目間透出、上挑，把胸膛中腰以上分成左右兩半，血液望空噴灑間，刑天腹中巨口怪叫一聲，翻身倒地掙命。

有人幫忙可好殺多了！沈洛年一喜，和賴一心等人迅快地點頭打個招呼，又飄飛著找下個倒楣鬼去了。

剩下兩名刑天可沒這麼愚蠢，從看到金犀匕之後，就逃得老遠，沈洛年雖想順著妖炁找去，但若看到普通刑天和人類戰鬥，忍不住就從五公尺外順手偷刺，了結那刑天的性命，偶爾飛得稍低，順手一揮，幾十顆鑿齒腦袋就這麼骨碌碌滾了一地，只不過這麼繞上幾繞，還沒追上目標，反倒宰了十幾個普通刑天，殺了數百名鑿齒。

眼看沈洛年神出鬼沒地殺人，逼得一般刑天也不敢與人類部隊纏戰，紛紛撤出戰局，這麼一來，鑿齒自然打不過人類，隨著戰況逐漸向人類這端傾斜，鑿齒部隊正逐漸潰散，犬戎族人見狀，悄沒聲息漸漸地往西方退，似乎打算就這麼離開戰場。

「諸位，請住手。」一個柔和的女性聲音，突然詭異地從空中傳出，在這殺聲震天的戰場中，清清楚楚地傳到了每個人耳中，但眾人正死命戰鬥，哪有時間往上看，有空抬起頭的不到百分之一。

飄在空中的沈洛年，恰好屬於有空的人，他抬頭往上瞧，卻見數百公尺高處，站著一女、兩男三個青壯年人，那三人外貌看似三十餘歲，身穿古式袍服，頭髮挽成高髻，男子雄壯英挺、濃眉大眼，女子貌美端莊、高眺豐腴，最讓沈洛年吃驚的是，這三人與自己距離不過數百公尺，居然仍是完全無法感應。

過去一般善於隱匿的妖怪，通常頂多讓妖炁感應降到十分微弱，不易和其他小妖獸或妖炁植物分辨，從而無法察覺，但這三人飄在空中，周圍沒有任何其他妖炁可做掩護，而且在已知對方所在的情況下，卻依然沒有任何感應……有這種能耐的妖怪，除了懷眞與麒麟之外，沈洛年還沒碰過第三個，眼前居然一下冒出三名，他不禁心中暗叫不妙，莫非搶金犀匕的強大妖怪來了？他連忙把金犀匕收到最短，藏在身後，卻見那女子突然望著自己笑了笑，似乎並沒有什麼惡意。

女子目光沒在沈洛年身上停留太久，見下方依然打個不停，她彷彿看著胡鬧的孩子，露出有點無奈的笑容，又說了一次：「請住手。」聲音再度傳到了每個人耳中，連歲安城中都聽得清楚，人們紛紛走出屋外，攀上高處，眺望著這方。

但戰場上可不是想停手就能停手的，何況這聲音的主人雖然外貌端麗，但這麼虛空懸浮著，看來也不像人類，說不定又是什麼妖怪，此時正是剿滅鑿齒的時間，轉仙部隊人人奮勇、各各爭先，依然砍殺個不停。

「眞是沒辦法。」女子搖搖頭，對身旁男子說：「你們且退遠一點。」

「是，王母。」兩名男子飄身飛退，倏然離開近百公尺。

移動總不能不用妖炁，而兩男這一瞬間爆出的妖炁，讓沈洛年不寒而慄，這可是沒見過的強度，這三人是何來歷？王母又是什麼稱呼？不過驚訝的事情還不只這些，被稱作王母的女子，微微一笑，突然妖炁大漲，身形倏然脹大變形，空中一聲巨響爆出，周圍氣流往外急捲。

沈洛年被那股急風吹得往後飛退，但目光卻無法移開，原來在這一瞬間，空中出現了一條長達百公尺的青色巨龍。巨龍龐大身軀周圍妖炁吞吐不定，激引著氣流變異旋流、雲霧翻捲，四隻巨型鱗爪伸曲之間，隱隱雷爆聲在爪邊嗶剝發響，那比房屋還巨大的頭顱，正張開巨口對著下方說：「請住手。」

原來那柔美的女聲已變爲低沉的聲響，一股沉重的壓迫感逼到每個人身上，無論是人類還是鑿齒，不由得紛紛停手退開，仰頭看著巨龍。

這龐然巨物透出的威勢，讓人懼怕又崇拜，不知道誰先開始的，戰場上的人們一個個趴伏、跪拜下來，千羽部隊也紛紛落地，跟著連稍遠處的歲安城人民，也紛紛跪下，而不只是人類，連鑿齒、犬戎族也跟著趴下。片刻之後，還能站著的，除沈洛年之外，只剩下賴一心、葉瑋珊等白宗眾人，以及少數首領級的刑天、狼人。

敖家的龍王老大來了嗎？以前懷眞老喊「老龍」，沒想到居然是母的，難怪被叫作王母……媽啦，金犀匕的主人似乎正是這傢伙？沈洛年暗叫糟糕，有妖怪來搶大不了跟他拚了，但主人出現該如何是好？眼看這仗已經打不下去，沈洛年不敢吭聲，偷偷把金犀匕收入鞘中，藏入吉光皮套，看能不能混過去。

收好金犀匕，沈洛年目光轉過，望了望周圍趴成一片的人與妖，不由得暗暗佩服，這該就是所謂的「尊伏之氣」吧？果然厲害！難怪自己也覺得有點敬畏……不過刑天沒趴下也就算了，葉瑋珊他們怎麼也有免疫力？可別惹火了對方。

飄在空中的王母巨龍，目光掃過站著的幾人，最後停在了賴一心身上，那巨口微微上勾，露出笑容說：「沒想到虯龍血脈，傳過千代後仍能顯現……站著的幾個孩子，都是你的朋友吧？」

賴一心本來保持著瞪大眼、張大嘴、不可置信的表情，見這巨龍突然看著自己說話，不禁呆了呆，他也不是很明白龍王母說的話，傻了片刻才說：「我們……是朋友。」

原來瑪蓮等人沒趴下，是因爲和賴一心相處久了，所以免疫？沈洛年正胡思亂想，龍王母的目光已經轉到了他的身上，微微一笑說：「你就是洛年？」

媽啦！這龍王母老太婆爲什麼知道自己的名字？沈洛年吃了一驚，忍不住飄退了十來公尺遠，頗想就此開溜。

ISLAND
五十年

「昨日剛回來，就聽說懷眞娃兒有個人類好友，叫作洛年，我本來還不大相信。」龍王母望著沈洛年笑說：「原來古仙萬年前的允諾，應在你身上，這可難怪，有你陪著，她說不定有機會更上一層樓……那調皮娃兒不在這兒吧？」

「不……不在。」沈洛年一面說一面駭異，這老太婆眞厲害，怎麼一眼就全看透了？她叫懷眞「娃兒」？她們原來很熟嗎？也對，若是不熟，懷眞怎會知道金犀匕這種寶物藏在哪兒？

「金犀匕和血飲袍是那娃兒偷去給你護身的吧？膽子眞大，下次見面，我可得打她屁股。」龍王母突然笑意一斂，望著沈洛年說：「血飲袍送你無妨，但金犀匕殺虐過重，今日僅出鞘片刻，已奪走近千性命，此物不能流落凡間，我必須取回。」

能說不還嗎？沈洛年吞了一口口水，眼見其中一名青年向自己飄來，沈洛年只好交出金犀匕，讓那人拿走……打不打得過還是其次，明知道對方是物主，他實在沒法老著臉皮耍賴。

「四海帝尊、龍之王母。」一名狼人見沈洛年的金犀匕被收走，他露出喜色，走近兩步，以犬戎族語躬身說：「犬戎族貳山一族族長，噬流拜見，請問……人族……莫非已歸入虯龍治下？」

看來狼人有不少族長？上次遇到的壺谷族長只是其中之一，可惜剛剛沒宰掉這隻，否則說不定這群狼人就此散了。

沈洛年正暗叫可惜的同時，龍王母轉過頭，望著噬流說：「貳山族長，人類已拒絕虯龍族的保護，等我族之事處理妥當，不會干涉你們的爭鬥，還請稍候。」

噬流大喜的同時，沈洛年忍不住開口說：「關於那件事情，其實我……」

「無妨。」龍王母止住了沈洛年說：「那只是孩子們的玩意兒，你和旅娃兒動手時沒用金犀匕，我已承了你的情，人類之事，虯龍不再過問。」

沈洛年不禁張口結舌，對方把金犀匕收走，又說從此不再過問，等會兒該怎麼和那些妖怪戰鬥？而鑿齒、刑天、狼人等妖族，聽到龍王母這麼說，臉上都露出喜色，只要沈洛年手中沒有金犀匕，人類自然沒有勝算。

「我本是為金犀匕而來。」龍王母目光一轉，掃過西南方說：「沒想到竟看到此物。」

眾人順著龍王母的目光轉去，卻見那個方位五百隻骨靈正硬邦邦地呆站著。沈洛年大吃一驚，自己居然忘了這件事，這下可麻煩了。

「這城內數十萬人類中，似乎藏有未成氣候的屍靈之王。」龍王母望著眾人說：「能這麼早發現，可眞是意外的收穫。」

現在該怎辦？馬上逃命？但在這龍王母面前，不可能逃得掉吧……就算逃得掉，沒了金犀匕也沒了骨靈，這城該怎麼守下去？而萬一逃不掉，自己死不足惜，豈不是連懷眞也一起害死了？這城更會一起完蛋。

沈洛年正徬徨時，龍王母揚起頭說：「娃兒們都到了，敖言，叫他們把這方城圍住，可不准漏了哪兒。」

「是。」剛剛取過金犀匕的青年敖言，突然向西飛騰。

誰來了？眾人目光轉西，卻見雲霧中出現了二十多名揹著寬劍的虯龍族，正高速破空而來，其中正包括老面孔敖旅等三人，他們在敖言指揮下，快速分配方位，飄浮在歲安城四周監視。

在虯龍分派監察位置的同時，龍王母似乎覺得龍形頗有不便，她收聚妖炁，緩緩變化內縮，又慢慢化成那雍容端麗的美婦模樣。她望著沈洛年，笑了笑說：「抱歉，我已經習慣了這個形貌……對直入人心、無視外貌的鳳靈來說，一定覺得這行爲很可笑？」

「不敢。」沈洛年只能苦笑搖頭。

「洛年，你爲何仍留戀人族？」龍王母掃過眾人說：「莫非你因情勢所逼，現爲人類之長？」

「不。」沈洛年搖搖頭說：「只不過人族有難，無法袖手。」

龍王母點點頭，目光掃過下方的人類說：「那麼如今人族以誰爲長？」她望向賴一心說：

「是你嗎？」

「不。」賴一心愣了愣，目光轉向身旁的葉瑋珊。

與鑿齒大戰的時候，葉瑋珊也在昌珠協助下出來助戰，當強大無匹的龍王母現形，昌珠被尊伏之氣所制，落地拜伏，葉瑋珊則奔到賴一心身旁，與他攜手等待變化，而不只葉瑋珊，其他能「站著」的白宗眾人，也不約而同地聚集了過來。

還好這龍王母恢復人形之後，那股壓迫感淡了不少，此時見問，葉瑋珊吸了一口氣，忍著心中的那股敬畏之念，仰首開口說：「龍王母，晚輩葉瑋珊，暫時負責管理本城所有事務。」

「妳？」龍王母似乎有點意外，她飄近微笑說：「那就跟妳談吧，妳可知道屍靈之王的危險？」

那些骨靈有什麼問題嗎？葉瑋珊微微搖頭說：「不知。」

「細節說來話長……」龍王母沉吟了片刻說：「闇界之魔，酷好以屍靈之力玩弄生靈，只要有人或妖族受了誘惑，取得屍靈之力，這災劫就會像瘟疫一般蔓延……總之，若不及早殺了屍靈之王，陸地上的所有生靈，幾乎都會滅絕。」

葉瑋珊和賴一心對望一眼，臉上都是驚駭，葉瑋珊還忍得住，賴一心卻忍不住偷瞄了沈洛年好幾眼，這城中不少人知道，這些骨靈都是沈洛年所造，照龍王母這麼說，沈洛年豈非就是屍靈之王？

龍王母見葉瑋珊不開口，望了骨靈一眼又說：「這屍靈之王，成屍未久、入魔不深，眼前還可溝通……但久而久之，殺戮漸增，心靈終究會被那闇黑之力吞噬，轉爲嗜殺瘋狂……你們只要告訴我他藏在哪兒，虯龍一族自然會幫忙剷除這個禍根。」

葉瑋珊越聽越驚，忍不住說：「請問龍王母，爲什麼……您會認爲這屍靈之王……那個……成屍未久？」

「若非靈智未失，爲何會派出骨靈協助人類守城？你們兩方又如何配合？」龍王母說：「而若入魔已深，手下眾多，只要派出幾名殭屍或旱魃，眼前這兩族怎會是敵手？而你們這城中數十萬人，又怎能活到現在？」

眞是這樣嗎？葉瑋珊想起沈洛年那晚冒出黑氣殺人的模樣，眼眶不禁紅了，這人眞有一天會陷入瘋狂嗎？應該聽從這龍族之王的指示，供出沈洛年嗎？葉瑋珊低著頭，不敢望向沈洛年，怕自己神色讓虯龍看透……無論如何，自己不可能出賣他，白宗雖然大多知道此事，應該也不會洩露，但知道沈洛年和骨靈有關的，可不只白宗中人，其他人若說出口，那該怎辦？

想到這兒，葉瑋珊終於忍不住看了沈洛年一眼，連打眼色，要沈洛年快走。

這時怎麼能走？沈洛年不禁苦笑，不只是葉瑋珊，連賴一心、奇雅、瑪蓮、侯添良等白宗人，也都正叫自己快走，但是這時不動還好，若是一動，龍王母身後那青年說不定就殺了過來，他們恐怕是天仙等級的妖怪，自己怎麼可能逃得掉？

眾人正徬徨間，突然有個年長女子一蹦而起，指著沈洛年大聲說：「啓稟龍王母，那未來的禍害就是這小子，我親眼看到他製造乾屍骨靈！」

她身旁一中年人跟著爬起，正一臉憤慨地說：「沒錯，當時尊奉龍族之事，也是被這屍靈之王破壞的，本人呂緣海，是城中總門之長，還請龍王母重新考慮統領人族之事，有任何指示，人類必定全力配合。」

媽的，早該殺了這兩個見風轉舵的傢伙！沈洛年不禁暗罵，這時要用外貌來強辯嗎？但既然有人作證，這些龍會不會不信？

跳起的兩人，正是狄靜和呂緣海，狄靜還只是對沈洛年素有怨懟，呂緣海可就沒這麼簡單。他眼見狄靜發難，沈洛年馬上就會被揪出來，若虯龍族殺了沈洛年後一走了之，歲安城無力抵禦刑天、狼人，終究會滅，不如趁這機會重新央請虯龍統治，而自己首倡此議，必會受虯龍重視，可謂一舉數得。

怎料龍王母看了兩人一眼，微微皺了皺眉，搖頭說：「殺了。」

「是。」青年一揮掌，一道無形而強大的妖炁猛然迫出，轟地一聲，由上而下對著狄靜和呂緣海壓下，兩人連多說一句話的機會也沒有，就彷彿被一個看不到的萬噸重物倏然壓扁，渾身變形扭成肉餠擠壓在地，鮮血往外爆散飛濺，將附近跪伏的數十人身上噴得點點紅斑，連賴一心與葉瑋珊等人都噴了滿褲管。

還好自己沒逃……沈洛年吞了一口口水，雖說自己不怕妖炁，但對方具有這種能耐，移動攻擊的速度必定快得匪夷所思，怎麼可能打得過？就算拿著金犀匕也不成……不過虯龍還眞不把人命當命，媽的，殺起人來比自己還爽快。

「我不希望以後還有任何人，嘗試利用虯龍剷除敵人。」龍王母目光掃過眾人，緩緩說：「旅娃兒數日前和洛年打起來的事情，我已詳細聽說，他們一時衝動，回去後已明白被人利用，別以爲虯龍族可以一騙再騙。」

這代表自己逃過一劫嗎？渾身冷汗的沈洛年，忍不住心想，會有這種變化似乎應該感謝吳配睿那渾蛋繼父吳達？

龍王母跟著對沈洛年笑說：「洛年小弟，你在人族中的敵人似乎不少呢。」

「好像是。」沈洛年只能尷尬地苦笑。

「人族之長。」龍王母回過頭，望向葉瑋珊說：「屍靈外型與正常人大不相同，他們體無血色，肌膚僵硬鐵青，宛如死屍，戰鬥時身上可能會泛出黑氣，總之與活人完全不同，極易分辨……你們務須盡速找出那人，否則他若爲了自保，開始大量製造殭屍，這城內數十萬居民，數日內就會死盡。」

看過沈洛年那副模樣的人，其實沒有一千也有八百，總門裡就不少人見到，不過一來沈洛年這幾日守城有功、宛如英雄；二來看到呂緣海和狄靜的死狀，就算還有人對沈洛年心存怨恨，也不敢出來指認。

沒人敢指認沈洛年固然是好事，但對方看著自己要人，又怎麼應付？葉瑋珊腦海急轉，卻不知該怎麼回答，正遲疑間，龍王母卻有點不耐煩了，她皺眉說：「還沒聽懂嗎？屍靈之王不只會讓人類滅族，也會影響所有妖族……我說明白一點，就算殺光所有人類，我們也要找出那未來的禍害。」

「我……我明白。」葉瑋珊遲疑了一下說：「但是，我們也不知道那屍靈之王躲在哪兒。」

「太遠的骨靈無法自如控制……屍靈之王必在城內。」龍王母微皺眉頭說：「我給妳三日時間，動員全城之力，把屍靈之王找出來，否則我會召集宇內妖族，由外而內，毀城殺人，直到找到屍靈之王爲止。」

這可太過分了！沈洛年忍不住開口說：「龍王母，沒必要這樣吧？」

龍王母目光轉向沈洛年說：「你有什麼更好的建議嗎？」

「呃……」沈洛年愣了片刻，只說：「這城內有三十多萬人，通通殺了總不大對……」

「我們並不嗜殺，如果有別的選擇，又何必滅了人族？」龍王母沉吟片刻說：「這樣吧，這面有三個城門，我每天日間派數名族人輪值監視，讓人類魚貫而出，這三日內能走出多少算多少……不過你們和他族的爭鬥我們不會涉入，所以人族之長，出城的順序，妳得多斟酌。」

白天魚貫而出？且不說三日能走多少，這時城外有鑿齒和狼人虎視眈眈，一個一個走出城豈不是送死？葉瑋珊正不知該如何是好，身旁的賴一心終於忍不住，他猛然一頓黑矛大聲說：「無論原因是什麼，我都不會讓你們隨意屠殺人類！人類會抗爭到底！」

這不是找死嗎？賴一心這一喊，眾人臉色大變，龍王母身後那青年臉色一沉，揚掌對著賴一心輕推，轟然聲中，一股龐然妖炁猛然炸出，正對著賴一心衝。

這一瞬間，沈洛年點地急閃，衝閃到賴一心身前，道息大片泛出，化散了這一擊，一面說：「住手！」

龍王母也同時舉手說：「敖冷，慢點。」

「是，王母。」敖冷那一擊雖然強大，但範圍不廣，似乎也沒打算取賴一心性命，此時龍王母一開口，他馬上退回龍王母身後。

龍王母望著眾人說：「你們畢竟有你們的立場，這無禮之言，念在初犯，我暫且放過……但我也有我的立場，此事勢在必行，若你們當眞不願自行找出屍靈之王，那唯有一戰，其他話就不用多說了。」

葉瑋珊這下不知該如何是好，別說不可能供出沈洛年，就算供出，對方也不信，此時城外有鑿齒、狼人，留在城內又難逃滅族的命運，在這種情況下，就算是轉仙者也沒有逃生的機會，難道人類就這麼滅了嗎？還有別的辦法嗎？

「龍王母。」沉默中，沈洛年突然開口說：「屍靈、旱魃、殭屍乍看難以分辨，龍王母如何得知這些骨靈的製造者必定是屍靈之王？又如何得知城內有多少屍靈？」

「也難怪你不知道。」龍王母微笑說：「闇靈之力，是一種黑暗之力，如非屍靈之王親造之骨靈，怎能在這艷陽下自如活動？而若屍靈之王一死，不只所有殭屍、旱魃都會死，這些骨靈中蘊含的闇靈之力也會馬上散失，這我還有辦法分辨。」

「我還有個問題。」沈洛年想了想說：「龍王母，您也不希望人類滅族吧？」

龍王母哂然搖頭說：「這世界被弄得很糟，我確實曾想給人類一點教訓……不過祝融撼地後，地貌重整，一切重來，加上人類也死了九成九，如今只剩這麼一點，何必眞把人類滅了？若非如此，我怎會多等三日？」

沈洛年思索片刻，緩緩說：「從屍靈之王並未製造殭屍之事，可以看出他靈智未失，正與人類合作，守護此城，可知這城裡的人類，對他來說十分重要……若聽龍王母之命，我們交出屍靈之王，人類反而會被鑿齒、犬戎聯軍所滅，與其如此，他還不如趁這三日，將全城化為殭屍，那時就算龍王母聚集天下妖族，在這息壤之地，想剿滅屍靈，也不大容易吧？」

龍王母眉頭微揚說：「莫非你建議我別等這三日，馬上出手？」

「不，我是希望龍王母給人類一條活路走。」沈洛年遲疑了幾秒，突然吸了一口氣，緩緩說：「若人類能保全，說不定……說不定屍靈之王得到消息，願意出面也未可知。」

龍王母一怔，微微低頭沉思著沈洛年的語意，沒有立刻回話。

同一時間，吃了一驚的葉瑋珊，一把抓著沈洛年手臂低聲說：「洛年，你說什麼？」

沈洛年搖頭不答，低聲說：「妳先指揮部隊退回城。」

「別胡來啊。」葉瑋珊又說。

「知道。」沈洛年扯開葉瑋珊的手臂，搖頭說：「我有分寸，妳別管。」

葉瑋珊和白宗人對看了幾眼，這時實在不適合多說什麼，只好安排部隊回城，不過白宗眾人還是不肯走，依然留在一旁，等龍王母做出決定。

過了好片刻，龍王母抬起頭說：「讓人類滅了確實有點可惜……洛年，你覺得人類多久之後才能自立？」

沈洛年看了葉瑋珊一眼，回頭說：「五十年吧？」

葉瑋珊微微一怔，自己確實說過給人類五十年時間，就能培養一批足夠強大的引仙部隊，沒想到沈洛年還記得。

龍王母想了片刻，沉吟說：「我有兩個條件。」

「兩個條件？」沈洛年問。

「首先當然是屍靈之王自盡或主動出面，其次，他得交出與闇靈聯繫的法器。」龍王母頓了頓說：「若都能辦到，以這息壤高原區周圍爲限，虯龍族無條件保護人類五十年。」

沈洛年微微一怔，飄近低聲說：「龍王母，第二個條件有點困難。」

「若那法器存在人間，屍靈之王又會產生。」龍王母搖頭說：「非毀掉不可。」

「那個……」沈洛年尷尬地說：「那人……發現被闇靈騙了之後，就把法器扔了，後來祝融搞得天崩地裂、山河移位，就一直沒找到。」

「你們果然認得屍靈之王，還與他合作。」龍王母望著沈洛年沉聲地說道：「這可犯了大忌。」

沈洛年搖頭說：「此時天下大亂，人類沒有其他選擇。」

龍王母望著沈洛年，沉吟片刻才說：「對方既然靈智尚存，若你們能勸他出面或自盡，這事就罷了，不過法器遺失之事，我怎知是不是眞的？」

「龍王母，我是鳳靈之體。」沈洛年低聲說：「沒有人能騙我的。」

龍王母瞄了沈洛年一眼，哼聲說：「你和那調皮娃兒混在一起，該也不怎麼老實……我又怎知你沒騙我？」

沈洛年苦笑說：「我留下那東西，有什麼好處？我也不希望這世界毀了。」

這話倒也有理，龍王母想了想，這才說：「好吧，我便讓一步，若三日內屍靈之王主動現身，我便保人族五十年平安……若否，我就依計畫攻城。」

「若那群骨靈體內闇靈之力自動消失呢？」沈洛年說。

「那代表屍靈之王已自盡，約定依然有效。」龍王母說。

「我明白了，就這麼辦。」沈洛年說。

「我之前的允諾一樣算數，這三日內，想先離城的還是可以離城。」龍王母說到這兒，突然露出一抹笑容說：「對了，那沒規矩的調皮丫頭一跑就是幾千年不見人影，記得叫她快來見我。」

原來懷眞和龍王母關係這麼好？難怪龍王母對自己十分和氣，她會答應這條件，說不定還是看懷眞的面子……沈洛年想起懷眞，心中湧起了複雜的滋味，微微點頭說：「我知道了。」

「既然有了第二個鳳體，或許有朝一日，鳳凰和各妖族就都不用再這麼仙凡來去了……」龍王母說到這兒，沉吟說：「人族戰亂頻仍，不適合居住……你可有意願暫居龍宮？」

若早些聽到這句話，倒是個不錯的選擇，懷眞也會放心吧？只不過現在來不及了……沈洛年苦笑搖頭說：「多謝王母，但我還是一個人慣了。」

「也罷……那你自己保重。」龍王母說完緩緩飄起，帶著敖冷往西離開。

「洛年！」龍王母一飛走，眾人馬上圍了過來，吳配睿哇哇叫：「你剛那話什麼意思？」

「應該是騙她的吧？」張志文說。

「管她是不是龍，我們躲地下室和他們拚了！」瑪蓮嚷。

「洛年，你可別做傻事。」白玄藍也擔心地說。

葉瑋珊看沈洛年一直不說話，忍不住開口說：「你……你到底什麼意思，別讓人發急了好不好？」

沈洛年望著眾人，開口說：「正如你們所想，我不小心當了屍靈之王……這件事情，我來處理。」

「洛年，你……你不會眞要……出來給他們殺吧？」瑪蓮結巴地說。

「不會啦。」沈洛年笑說：「我有辦法解決這問題，讓這能力消失。」

眾人同時鬆了一口氣，一下子幾個拳頭忍不住都砸到沈洛年身上，瑪蓮更是勒著他笑嚷：「你這大騙子，害我擔心好久。」

沈洛年陪著眾人笑了一陣子，見眾人慢慢安靜下來，才說：「不過這問題，得去找懷眞幫我解決。」

提到懷眞，眾人眼睛一亮，吳配睿首先說：「那龍王母認得懷眞姊耶，爲什麼？」

「對啊！」瑪蓮也說：「龍王不是應該幾千年沒來人間了嗎？」

張志文吞著口水說：「難道懷眞姊……」

沈洛年搖頭說：「以後你們自己問她吧，我可不便代答。」

「哎喲！洛年！」吳配睿叫：「說一下會怎樣啦！」

「好了，別說這些了。」沈洛年說：「時間緊迫，我這就去找懷眞，問題該能很快解決，不過……短時間內，我不會回來了。」

「懷眞姊不是說你們數年內不能碰面嗎？」葉瑋珊說。

「嗯……對。」沈洛年說：「不過這次是特例，沒辦法。」

葉瑋珊說：「那……馬上就要走嗎？不回城休息一下？」

「時間緊迫，不回去了。」沈洛年說：「拜託你們幫我照顧小純。」

「啊！」葉瑋珊說：「我讓小純幫你拿背包過來，也讓她送送你。」

「不用了……」沈洛年看葉瑋珊表情微變，透出一股懷疑氣味，馬上改口說：「也好，拿來也好。」

「洛年，你以前的武器原來這麼猛啊！」賴一心湊近笑說：「可是現在沒武器了，怎辦？」

「沒關係啊。」沈洛年說：「翔彩婆婆不是要送我武器嗎？我有空再去拿吧。」

「對耶！」賴一心眼睛一亮說：「而且那好像是一對，太好了，我幫你想一套適合你的招法吧？」

「好啊。」沈洛年好笑地說：「可是你有這麼閒嗎？」

「人類不是會讓虯龍保護五十年嗎？」賴一心笑說：「以後閒得很。」

「隨你吧。」沈洛年笑說。

「洛年。」奇雅突然說：「我可以私下跟你說幾句話嗎？」

沈洛年一怔，隨著奇雅走出人群離開幾步，這才說：「怎麼了？」

奇雅看了沈洛年一眼，低聲說：「你……不會回來了，對吧？你想犧牲自己嗎？」

沈洛年一怔，還沒回答，奇雅已接著說：「我不會說的……但……真沒別的辦法了嗎？」

沈洛年遲疑了片刻，終於收起笑容說：「這是最好的辦法，而且……可以解決一個困擾我很久的問題。」

奇雅神色凝重地咬著唇，眼眶漸漸紅了起來。沈洛年還是第一次見到奇雅這副模樣，有點慌了手腳地說：「別這樣，大家會懷疑的……而且我其實挺懶得活的，死了沒差啦。」

奇雅聽沈洛年這般胡說八道，不知該氣還是該笑，忍不住頓足說：「你……你胡說什麼？」不過淚倒是止住了。

奇雅這一面還眞少見，也挺可愛的，沈洛年微笑看著奇雅，心念一轉說：「我有個問題一直想問妳。」

奇雅微微一怔，抬頭說：「什麼？」

「過了這麼久，我還是一直看不出妳喜歡誰，可以告訴我嗎？」沈洛年往旁偷瞄一眼說：「我不會告訴別人的。」

奇雅沒想到在這種時候，沈洛年突然冒出了這個問題，她遲疑片刻，先回頭望了望瑪蓮，又瞄了侯添良一眼，奇雅這才回過頭，有些困窘地低聲說：「其實……現在我也有點搞不清楚了。」

是自己想的那樣嗎？不過白宗這群人感情關係可真亂啊，沈洛年不再提此事，他心念一轉，擋著眾人目光，取出牛精旗遞過說：「對了，這個給妳，我不敢給瑋珊，她似乎也有點懷疑。」

「這……就是你起霧的東西？」奇雅接過說。

「先收起來。」沈洛年說：「這叫牛精旗，又叫姜普旗，展開揮動就會起霧，必須泡水補充水分……這也是我和牛首族皇子姜普辨認的信物，最好別在牛首族面前亂用。」

奇雅將牛精旗收起，想起沈洛年的選擇，心頭沉重得說不出話，正遲疑間，得到消息的狄純，恰好帶著沈洛年背包飛來，她直接飛落沈洛年身旁，一把抓緊沈洛年的手，焦急地說：「你去哪兒？我陪你去！你上次答應帶我走的！」她這一衝來，奇雅只好退開，眾人見狀，又慢慢走近。

沈洛年取過斜背包揹上，一面說：「我去約會，這次不讓妳跟。」

狄純一怔說：「宗長姊姊說，你要去很久。」

「對啊，去找老婆，當然很久。」沈洛年揉揉狄純的頭說：「我走以後，記得我告訴過妳的，別湊熱鬧。」

狄純一下漲紅臉，低聲說：「我不會的。」

沈洛年收回手，輕噓一口氣，望向眾人說：「我走了，你們保重。」

「我過兩天會和你聯繫。」葉瑋珊說。

沈洛年望著葉瑋珊片刻，微微一笑，也不回答這句話，只飄身而起說：「再見。」一面往外飛去。

此時龍王母不在近處，而虯龍族其他人已經知道沈洛年和龍王母關係頗爲不同，外型又沒有屍靈之王的嫌疑，他往外飛，自然沒人攔阻，沈洛年當下飛上高空，開啓玄界之門，施用咒誓之術，藉血冰戒的聯繫，尋找懷眞的蹤跡。

□

一日後，沈洛年越過了北面大海，到了那環狀大陸的北方陸塊，在一片連綿高峰的某個雪谷中，順咒誓玄靈的指引，找到了懷眞閉關的荒僻山洞。

在這滴水成冰的地方，山洞洞底堵著一塊大岩石，把後洞塞著，沈洛年花了九牛二虎之力，又靠著凱布利妖炁的協助，搞了一整日，才敲開大石，露出一扇雖不甚大，卻由強大妖炁凝結成的白色橢圓門，和應龍寶庫一般，也是個通往玄界的門戶。

這種門戶，妖炁足夠時可以防範任何人，卻防不了身懷道息的沈洛年，他以道息化去門上妖炁，推開白門踏入。

這裡面溫暖如春，卻一絲光芒也沒有，只有深邃的黑暗。沈洛年才踏入兩步，還沒看清裡面的模樣，身後白門卻自動關上，他微感意外，正要回頭，就在這一瞬間，發現一股強大妖炁從黑暗中撲出，對著自己胸口抓來。

雖然什麼都看不到，沈洛年卻可以從妖炁狀況，感應到對方的詳細形貌，他開啓時間能力，先全身輕化，雙手急伸，緊扣對方蓄滿妖炁的雙腕，以道息化去對方襲來的妖炁，更在扣上同一刹那瞬間重化，緊緊握住，以倏然增加的質量硬撼住對方的衝力，終於在這一瞬間，擒住對方雙爪，躲過破胸之厄，沈洛年感覺到對方還想掙扎，忙說：「懷眞，是我！」

黑暗中，對方猛吸一口氣，雙手一軟，顫抖著說：「洛……洛年？」這聲音正是懷眞。

兩人下一瞬間擁抱在一起，懷眞緊摟著沈洛年的脖子，迷惘地說：「你……爲什麼要來？你眞要害死我嗎？爲什麼？」

「我找到辦法了，不會害死妳的。」沈洛年輕撫著懷眞赤裸的身子說。

「沒辦法……你一定會死的……」懷眞情動難抑，扯開沈洛年外袍，貼著他胸口說：「我不管了，都是你不好，我陪你死就是了。」

「別說了，狐狸精，我好想妳。」沈洛年放倒懷眞，壓在她身上，緊抱著她滑膩柔軟的身子，兩人肌膚相貼，彷彿就要陷入對方體內一般。

被這麼撩動著，正逢情動的懷眞越來越是難耐，她猛然施力一把將沈洛年翻倒，壓在他身上亂扭。

兩人都沒經驗，這兒又是伸手不見五指，可見辛苦，翻來倒去折騰了好半天，直到某一瞬間，搞不懂的事情突然搞懂了，那交錯紊亂的兩人粗重呼吸聲，漸漸融合成同一個節奏，在這深邃的黑暗中輕響迴盪……

□

不知道過了多久，懷眞終於從迷暈境界中緩緩回神，當她感覺到體內充滿原始精粹道息能量的一瞬間，這才突然想起發生了什麼事。她緊抱身下男人的軀體，迷惘地說：「爲什麼要這樣，爲什麼不等我幾年？一起死了有什麼好處？」

沈洛年身軀已經從虛脫而逐漸僵硬，他深吸一口氣，勉力舉起左手，緩緩說：「來……解咒。」

懷眞一怔，突然明白，當沈洛年體內道息消失殆盡的這一剎那，咒誓標的物消失，確實可以解咒，她過去從沒想過這一點，一時之間，竟是反應不過來。

「快……」沈洛年不知道自己還能支持多久，勉力說：「手……妳的手……」

「你這樣做……就是爲了解咒嗎？不要！我陪你去死！」懷眞哭著大叫。

「別這樣。」沈洛年低聲說：「手來……快……」

「不要！不要！」懷眞大叫。

「懷眞……狐狸精……」沈洛年說：「聽我這次……就這次……別讓我後悔……」

懷眞勉強舉起手，讓兩個戴著血冰戒的手指相對，她這時滿臉都是鼻涕、眼淚，口唇輕顫著，說不出話來。

「妳先說……」沈洛年說。

懷眞強忍著淚，終於開口說：「事……事無常、心易變……緣已滅……咒應散……」

沈洛年喃喃照唸了一次，隨著懷眞的施法，突然兩人指端的血冰戒同時亮起，瞬間映照出兩人交疊著的赤裸身軀，下一剎那，光華消散，重入黑暗，血冰戒化成柔細髮絲飄落，那牽繫兩人數年的咒誓，終於消失不見。

沈洛年見終於成功，他鬆了一口氣，閉上眼睛說：「臭狐狸……別太快變心啊。」

「去你的！臭小子！」懷眞哭著抱緊身軀逐漸冰冷的沈洛年說：「兕不解有什麼關係？誰要你這樣做了？你這渾蛋，抛下我一個人想去哪兒？我不讓你走！不准走！」

沈洛年乾笑兩聲，想想又說：「對了……金犀匕……龍王拿回……她要妳……有空去見她……」

懷眞正難過，哭著說：「誰管她啊！你抱著我啊！人家要抓抓啊！」

「我……抓不到了……」沈洛年手腳都已經失去知覺，如何能抱懷眞？他不想讓懷眞一直傷心，低聲說：「剛進來……差點被妳殺了……好凶……謀殺親夫。」

「我以爲誰派人來壞我修行啊！當然要盡快殺了。」懷眞回想起那一刹那，不免詫異地說：「你明明沒炁息……怎麼擋住的？」

「很……很厲害吧？」沈洛年笑說。

這時也不是研究那種事的時候，懷眞緊抱著沈洛年，過了片刻，終於說：「你怎會想這麼做？萬一……一結束馬上死了怎辦？你不怕嗎？」

「我遇到一個……叫阿白的仙狐，提到……不會立刻死……」沈洛年說：「我算命……精智力……活一陣子……我……那個力……不……不少喔……」

「算命？」懷眞不懂這句話的實際意思，她想了想，突然說：「你不是會闇靈之力嗎？快變殭屍繼續活著。」

沈洛年微微搖頭說：「闇……闇靈之力，仍與……一絲生機聯繫……才能思考、判斷……我生機盡失……闇靈之力已……已被闇靈……收回……懷眞……臭……狐狸……」

懷眞見沈洛年說話越來越慢、越來越小聲，慌張地大聲叫：「洛年？洛年？」

「很……很高興……遇見妳……」沈洛年精智力終於耗盡，他一口氣吐了出來，緩緩閉上眼睛。

「洛年！」懷眞猛力搖晃著沈洛年，但這沒禮貌的臭小子，終究沒再醒來。

懷眞在黑暗中，發呆了不知多久，終於慢慢回過神來，她勉強收了淚，讓這小小的玄界空間放出光芒，將沈洛年全身衣物穿上，這才捧著他走出門戶。她把沈洛年輕放在山洞深處，又凝視了他好片刻，終於抹乾淚，將閉關處化散入玄界，轉身掠出洞外。

出洞前一刹那，懷眞扭身出掌，強大妖炁倏然迫出，將前洞整片轟碎掩埋，她不再望向山洞，點地間躍入空中，倏然妖炁一漲，化爲白色巨狐，飛騰而去。

□

當歲安城外那五百名骨靈轟然倒地後，龍王母確認闇靈之力已散，當下勸退了犬戎與鑿齒兩族，並留下數人保護人族，這才率虯龍族離開。

消息傳入歲安城內，得知至少五十年內不用擔憂外患，人們相遇不免彼此恭喜道賀，全城連續數日陷入歡騰慶祝的氣氛中。

至於內政事務，因呂緣海、狄靜皆歿，總門群龍無首，白宗再無掣肘，葉瑋珊在張士科、文森特、白宗全力協助下，內外打點規劃，重新組織噩盡聯合會，統管一切；她不顧賴一心與張士科反對，邀集各界賢達聯合制定憲章，重新推行民主制度。一年後，原人福黨黨魁嚴勘威，代表噩聯會參選，順利當選歲安城首屆民選首長；而在噩聯會中提名失敗的梁明忠，退會後另組「人類自主會」，以會長身分參選，但仍參選失敗，之後「人類自主會」以拒絕虯龍族干政為訴求、監視當今政權為手段，聚集了反對勢力，成為歲安城民主化之後，第一個反對政黨。

這些政治鬥爭，葉瑋珊不打算涉入，當政權順利交接後，葉瑋珊把噩聯會會長職務也交卸給嚴勘威，她早已決定在大選過後率領轉仙部隊組成船隊出海，到世界各地搜救殘餘人類，蒐集資源，並尋找人類遺留的知識與資產。

白宗除白玄藍夫妻之外，大夥兒都去了，連狄純與月影團都有份，其中只有張志文頗不甘願，但要他一個人留下卻也不肯，只好一面嘮叨，一面上船，跟著出海冒險。

噩盡二年七月十日星期一，在首長嚴勘威、全城政要與歲安城數十萬人民歡送下，白宗船隊正式從歲安港出港，預計將沿著攔妖河北行出海，再折向東方航行。

白宗最近爲了準備出海，連忙了好一陣子，直到此刻才終於清閒下來，此時眾人聚在主艦甲板，望著歲安港口旁越來越小的送行人影，一面興高采烈地聊著。

「一心。」黃宗儒站在賴一心左側，突然笑說：「你還是討厭民主選舉嗎？」

「對啊！」賴一心說：「看，才選舉一次就冒出反對黨了，再過個兩年，兩邊八成又像以前一樣變成仇敵，什麼都可以吵……瑋珊該直接當皇帝的！」

右側的葉瑋珊白了賴一心一眼說：「好啊，我當一年了挺累，這就禪讓給你當下一任好了？」

「呃。」賴一心抓頭說：「我不適合啦。」

「沒有人適合的。」葉瑋珊搖頭說。

「一心哥。」兩個月前剛過十七歲生日，越來越像個大女孩的吳配睿，走近黃宗儒身旁笑說：「若宗長當皇帝，怎能隨隨便便就陪你出海幾年啊？」

「啊？」賴一心微微一愣。

「他才不在乎這種事呢。」葉瑋珊瞟了賴一心一眼說：「只想找件事把我綁著，自己亂跑。」

「我當然想跟妳一起去。」賴一心忙說：「大不了……當作出巡吧？」

「還在胡說。」葉瑋珊噗哧一笑，想了想低聲說：「還好我一開始就計畫著交出政權，若多拖個三、五年，說不定眞會捨不得交出去……權力這種事，可不能習慣。」

「捨不得不就剛好幹下去嗎？女皇帝多威風啊！」瑪蓮在一旁笑說。

「捨不得的時候，就不會是個好領導人了。」葉瑋珊搖搖頭，臉色一整說：「別說這個，我們從東方大陸上岸，很可能會遇到犬戎族，我們這次不是去戰鬥，得想辦法繞過他們的地域，記得提醒自己統帥的部隊，別掉以輕心。」

經過這一年，決事公允、思慮周密的葉瑋珊威望已逐漸建立，她這一正色下令，眾人都肅然應聲，不敢繼續開玩笑。

葉瑋珊想想又說：「這趟旅程，可能要幾年的時間……回來之後，我想讓白宗解散。」

「幹嘛解散？」賴一心吃驚地說。

「歲安城運行著民主制度，我們這樣的武力團體不該繼續存在。」葉瑋珊說：「未來引仙之法也可以制度化，交給政府管理……舅媽該也能接受。」

「我不贊成。」賴一心搖頭說：「說不定他們搞得很糟糕呢。」

葉瑋珊苦笑說：「你也眞是的，多點信心好不好？」

「萬一眞的不好呢？」奇雅突然說。

葉瑋珊一怔，望向奇雅說：「奇雅妳也贊成帝制？」

「不是。」奇雅沉吟說：「只覺得也許還有別的辦法，若當眞像以前那樣不斷內鬥，我不覺得五十年後人類能夠自立……不能什麼都扔給民主就不管了。」

聽到這話，眾人神色都凝重起來，這問題雖不是近在眼前，卻當眞不能忽略，賴一心見眾人都不說話，突然一拍腦袋說：「啊，這幾天忙得都忘了問，瑋珊，最近有沒有試著找洛年？輕疾還是說沒有回應嗎？」

葉瑋珊一怔，笑容微斂，輕輕搖了搖頭。

「洛年也眞是的！居然一點消息都不給。」賴一心惋惜地說：「沒能找他一起去玩，眞是可惜，過幾天再試試吧。」

「我知道。」葉瑋珊勉強笑了笑點頭。

「不過也太久了。」賴一心抓抓頭，突然說：「不會是出事了吧？」

賴一心這麼一說，這一瞬間，氣氛突然變得十分怪異，每個人都說不出話，狄純更忍不住哇地一聲哭了出來，轉頭就往船艙跑。杜勒斯連忙追去時，賴一心詫異地說：「怎……怎麼了？」

「你這人眞是……」葉瑋珊嘆一口氣說：「別說了。」

這一年間，葉瑋珊不時嘗試與沈洛年聯繫，但沈洛年卻總處於無法應答的狀態，除賴一心之外，眾人漸漸心裡有數——沈洛年恐怕是凶多吉少。

葉瑋珊、奇雅當日就已起疑，黃宗儒、張志文、吳配睿等人後來慢慢也感到不對，若眞有辦法能除去屍靈之力，那活了不知多少萬年、神通廣大的龍王母爲什麼提都沒提？若唯一解決的方法就是殺了屍靈之王，那豈不代表沈洛年已然喪命？眾人每當想到這件事，就彷彿一塊大石壓在胸口，尤其狄純每次聽到眼眶就泛紅，更讓人不想多提；今日賴一心莽莽撞撞地這麼一說，狄純終於忍不住哭了出來。

賴一心看看眾人臉色，又說：「難道你們都以爲洛年死了？」

眾人皺著眉頭、別開目光，雖然大家都這樣想，但誰也不想說，此時聽賴一心這麼問，不免有點困擾。

「我才不相信。」賴一心抬起頭說：「他一定會有辦法的，只不過可能被什麼事情陷住，所以沒法給我們消息……他總有一天會來找我們的，你們放心吧。」

看賴一心說得這麼有信心，眾人心中莫名地多了一點希望，葉瑋珊低聲說：「總有一天嗎……」

「對啊。」張志文跟著笑說：「我早就說別替洛年擔心，他外掛超多的。」

「你什麼時候說過？」瑪蓮給張志文一個白眼。

「現在開始說。」張志文吐吐舌頭說。

「賴皮鬼。」瑪蓮笑著白了張志文一眼。

「等洛年回來……」吳配睿想了想，對黃宗儒笑說：「到時候你幫我罵洛年好不好？我不能罵。」

「爲什麼？」黃宗儒一頭霧水。

「因爲每次我問他，他都凶巴巴地對我說：『關妳屁事！』對你們就不會。」吳配睿嘟著嘴，學著沈洛年的語氣，把眾人都惹笑了。

奇雅見狀，輕嘆一口氣，悄沒聲息地轉身往船艙走，和沈洛年懇談過的她早已不抱任何希望，但她也不想壞了大家的興致，索性先一步離開。

剛飄入走道不久，奇雅微有所感，停步回頭，卻見葉瑋珊追了過來，兩人相對停下，葉瑋珊遲疑了幾秒才開口說：「奇雅，洛年他……他會回來嗎？」奇雅那日和沈洛年私語後，不論瑪蓮如何追問，她始終不說兩人談的內容，葉瑋珊懷疑已久，只是一直沒機會問，此時見奇雅突然離開，終於忍不住追來詢問。

該說嗎？還是不說？奇雅遲疑了一下，終於說：「爲什麼那日妳不親自問他？或許他會……」奇雅說到這突然一頓，搖頭說：「總之這五十年是洛年爭取來的，我們不能糟蹋。」她說完輕嘆一口氣，轉身回房去了。

在艙口傳來的隱約笑鬧聲中，怔立走道的葉瑋珊細思奇雅語意，想起過去的一切，淚水終於忍不住奪眶而出，串串滑落。

蟄

數年後，一個看來還有點稚嫩的圓臉少女，突兀地出現在那崩碎的雪谷山洞之前，她的服裝看來有些單薄，卻似並不畏寒，正站在雪地間，有些迷惑地上下打量著崩塌的山洞。看了片刻，少女似乎下定了決心，她咬咬唇捲起袖子，躬身將碎石一個個搬開，慢慢清理著通道。

過了不知多久，少女終於清出道路，進入後洞，在雪光反映的亮光中，找到了自數年前起就一直躺在寒洞中的沈洛年。

少女走近蹲下，伸手輕觸沈洛年冰冷的面頰，輕聲說：「洛年？」

沈洛年自然不會有任何反應，少女茫然地望著他臉龐片刻，輕拉沈洛年右領，伸手虛引輕喚：「蝶兒。」

這一瞬間，沈洛年右領口飄出一片蝶般黑影，落在少女左手掌心，彷彿一片精緻的黑色蝴蝶刺青，少女輕撫著掌心說：「謝謝你引我找到洛年……只可惜……」

這一瞬間，少女突然注意到沈洛年左肩衣下，有個饅頭大小的奇怪突起，她心念一轉，輕拉開沈洛年領口，向他左肩望去，卻見那兒有個隆起的甲蟲狀黑影，正清晰地貼在沈洛年肩頭，少女瞪大眼睛，詫異地說：「蜣螂還在？靠什麼活著？」

她迅速地探了探沈洛年鼻息、心跳，跟著突然站起，兩手一引，一道溫暖的光華從虛空中灑下，照在沈洛年身上。

過了片刻，少女收斂光芒，又摸了摸沈洛年的心臟，她想了想，突然雙目一亮，當下伸手橫抱起沈洛年，轉身奔出洞外。

《噩盡島》第一部完

後記

莫仁

又是一套書的完結。

不過這次的完結，和過去頗不相同，看到這兒的讀者，應該都可以察覺到，這本書還沒結束，所以這兒只能算是「第一部」完，故事從世界變化、仙凡重合開始，一直寫到存活的人類如何找到立足之地爲止，而後面還有個「第二部」準備出來和大家見面。

動筆之前，我想寫的本來是個人妖共存世界的某個故事，但這麼一來，整個世界變化和設定，不免需要篇幅交代，想來想去，心念一動，我改變了方向，決定先寫出這世界如何改變的故事——事實上，描寫世界末日的作品不少，但通常都是寫到末日爲止，或者從末日後開始創造架空世界，從末日前寫到末日後的似乎不多，拿這樣的設定當挑戰，也是挺有趣味。

所以早在第一部剛出版的時候，我就已經在部落格說明——正進行第二部創作，不過想必也有些讀者，沒注意到書本內頁作者介紹區的部落格網址介紹，因此沒得到這個消息，今日拿書，看到最後的結尾，恐怕不免吃驚。

第二部是個怎樣的故事？爲什麼不直接一直出下去？

其實看到最後的故事發展，應該都已經了解了，若還有疑惑，等看到第二部的時候，就會更能體會爲什麼這樣安排。

也因爲本就有這樣的計畫，所以第二部才佔較多戲分的一些故事元素，就會在適當的時機，提前在第一部露臉，比如毛毛族、納金族，以及只在第一部尾端短暫出現的魔法等等……都會在第二部才作比較完整的介紹，而有些受限於篇幅、未能完整敘述的故事設定、背景介紹，也會盡量在第二部繼續補入。

當然，有些讀者不喜歡篇幅太大、牽腸掛肚、沒完沒了的作品，那麼，就把第一部當成故事的結尾也不是不行，只不過若把第一部的結局當成眞正結局，未必每個人都喜歡這安排就是了。

而過去不管讀者如何詢問，我一直不肯鬆口的問題——第二部主角是誰？這時應該也沒什麼好隱瞞了……第二部確實依然是洛年的故事，兩部之間雖然許多重要角色重複出現，故事主軸卻完全不同，這也是安排成兩部的原因。

那麼會不會有第三部？

到現在爲止，沈洛年的故事，計畫是在第二部完全結束，不會有第三部出現。當然，若未來心血來潮，也可以使用噩盡島的背景相關設定另外創作新故事，但如果沒有意外，第二部結束之後，我應該會重新設定另外一種不同的世界，不會馬上繼續寫噩盡島相關故事……不過這些事現在說都早了些。

□

談談故事角色吧。

沈洛年是個個性很特殊的主角，他脾氣不怎麼好，常沒耐性，有時候還挺不講道理，對於不熟悉的人，往往還有點冷漠無情，雖然有些勉強可以找出來的優點，但在這麼多缺點掩蓋下，也很難顯現……相對於沈洛年，賴一心算是個很明顯的對照組。

一般來說，賴一心這種武學天才、蚪龍血脈、無懼直率、熱血善良、英俊帥氣、美女傾心的角色，通常都是主角，沈洛年反而會是所謂亦友亦敵的主要配角，不過這本書我故意反過來寫，換一個角度來看這位勇往直前的熱血青年，應該另有不同的感受吧？但相對的，主角這麼不傳統又沒目標，三不五時就一個人躲起來自閉，其實寫起來還眞有點兒困難呢。

至於女角色們呢？當初寫到第七集的時候，我曾在部落格提到一句話——「我到現在還不知道女主角是誰」——這是眞心話。

許多女性角色和沈洛年都有不錯的關係，但又似乎都有不同的阻礙，最受讀者歡迎的懷眞（參見莫仁討論區《噩盡島十二金釵票選活動》），一會兒失蹤、一會兒躲人、一會兒閉關，整套出場的篇幅恐怕只有一半；至於一直和沈洛年有著若有似無情愫的白宗少女宗長葉瑋珊，看來看去似乎也沒有第一女角的味道，更別提從頭到尾她一直心有所屬；至於戲分更少的其他角色就更不用提了……所以眞要問誰是女主角，我還眞答不出來。

□

這次換一個新的世界設定，筆觸也選擇比較輕鬆的寫法，所以出版社大膽地選擇了更年輕有活力的設計，在插畫家YinYin小姐繪製的優秀封面下，吸引了不少新的讀者閱讀，而我的作品類別，也從過去的「幻武」、「奇幻」，變成了所謂的「輕小說」——這些變化其實我一直都不很清楚，我只是努力嘗試著寫我想寫的故事，到底該分到哪類就不大了解了，這部分就讓書店、出版社去決定吧！

寫到最後，不能免俗地要簡單地表示一下謝意——謝謝各位一路陪著洛年冒險，希望他未來的旅程，也能得到大家的祝福喔！

GAEA

第二部預告

噩盡島 II　*10/13　出版預定*

幽暗百年，傳奇再現！

經過百年時光，歲安城依舊矗立著。
昔日朋友，如今身在何方、各自選擇了什麼未來？
而在這渾沌的時代中，
似乎正醞釀著一個新的傳奇……

莫仁《噩盡島 II》延續未完的篇章．轟動登場！

國家圖書館出版品預行編目資料

噩盡島／莫仁 著.——初版.——台北市：
蓋亞文化，2010.09-
冊；公分.

ISBN 978-986-6473-89-0（第13冊：平裝）

857.7 98015891

悅讀館 RE223

噩盡島 13〔完〕

作者／莫仁
插畫／YinYin
封面設計／克里斯
出版社／蓋亞文化有限公司
地址◎台北市103赤峰街41巷7號1樓
電話◎（02）25585438 傳眞◎（02）25585439
臉書◎www.facebook.com/Gaeabooks
部落格◎gaeabooks.pixnet.net/blog
電子信箱◎gaea@gaeabooks.com.tw
投稿信箱◎editor@gaeabooks.com.tw
郵撥帳號◎19769541 戶名：蓋亞文化有限公司
法律顧問／義正國際法律事務所
總經銷／聯合發行股分有限公司
地址◎新北市新店區寶橋路235巷6弄6號2樓
電話◎（02）29178022 傳眞◎（02）29156275
港澳地區／一代匯集
地址◎九龍旺角塘尾道64號龍駒企業大廈10樓B&D室
電話◎（852）27838102 傳眞◎（852）23960050
初版七刷／2015年7月
定價／新台幣 220 元
Printed in Taiwan

ISBN／978-986-6473-89-0